우리는 서로를 구할 수 있어

〈나답게 청소년소설〉

우리는 서로를 구할 수 있어

지은이 | 윤소희
펴낸이 | 一庚 張少任
펴낸곳 | 돌설 답게
초판 발행 | 2021년 4월 25일
초판 2쇄 | 2021년 11월 25일
등 록 | 1990년 2월 28일, 제 21-140호
주 소 | 04975 서울특별시 광진구 천호대로 698 진달래빌딩 502호
전 화 | (편집) 02)469-0464, 02)462-0464
         (영업) 02)463-0464, 02)498-0464
팩 스 | 02) 498-0463
홈페이지 | www.dapgae.co.kr
e-mail | dapgae@gmail.com, dapgae@korea.com
ISBN 978-89-7574-325-2
ⓒ 2021, 윤소희

나답게·우리답게·책답게

윤소희 청소년소설

나답게 청소년 소설

우리는 서로를
구할 수 있어

도서
출판 답게

"혼자 조용히 목포신항으로 향했다. 6주기 추모 행사를 준비하는 관계자들과 몇몇 언론 차량과 카메라들이 주섬주섬 움직이고 있었다. 붉게 녹슨 채 덩그러니 놓여 있는 세월호를 바라보며 망연했다. 나는 세월호의 상처를 위해 무엇을 했나.

6주기가 되도록 아무것도 한 게 없는 나는 민망한 마음으로 겨우 리본 하나를 달고 도망치듯 돌아왔다. 잊지 않겠습니다,는 다짐이 해마다 4월 16일 단 하루의 생색인 것만 같아 스스로 거슬리고 아니꼬웠다.

서둘러 돌아오는 길에 4월은 왜 이다지도 아픈가 생각한다. 잊지 않겠다고 해놓고 잊고 살았기 때문이었나. 그러나 아주 잊지는 못했기에 다시 떠올라 설움에 겨운 4월. 거리의 벚꽃들이 흐드러지게 피어나면 거기 벚나무가 있었음을 비로소 아는 계절. 어리고 연약한 빛으로 피어나는 생명이 여기 세월호에도 있었다는 걸 알게 되는 때. 잊지 않겠다는 그 하루의 다짐을 잊은 지 오래라는 걸 알게 되는 때."

작년 4월 16일, 목포신항에 다녀와 목포 지역신문에 발표한 칼럼의 일부입니다.

　작가의 말을 쓰려고 앉아 이 궁리 저 궁리 해봐도 마땅한 말을 찾지 못한 채, 6주기에 느꼈던 염치만 바짝바짝 고개를 들기에 결국 여기에 끌어다 앉힙니다.

　아무것도 제대로 규명되지 않았는데 벌써 잊히는 건 아닌지 염려스러운 마음은 세월호에 대한 부채감을 키웠고, 그 와중에 쓴 칼럼은 이 소설의 마중물이 되었습니다. 도무지 엄두가 나지 않아 외면만 하던 세월호 이야기를 어떻게든 마주하지 않으면 안 되는 상황으로 스스로를 몰고 간 것도 같습니다.

　세월호 희생자를 추모하고 유가족을 위로하고 싶어 시작한 이 이야기를 통해 오히려 타인의 고통을 바라보는 방식을 배우게 되었습니다. 소설 속에 등장하는 진서와 석현이는 세월호 참사가 일어나던 해에 초등학생이었으나 이제는 고등학생이 되어 비로소 세월호 문제를 마주하게 됩니다. 머나먼 타인의 고통에 불과했던 세월호로 인해 진서와 석현이는 인간이 어떻게 서로의 상처를 보듬어 줄 수 있는지 탐색하기 시작했습니다.

　"우리 아닌 다른 사람이나 우리의 문제 아닌 다른 문제에 감응할 능력이 없다면, 도대체 인간이란 어떤 존재이겠습니까?"라며 연민하지 말고 연대하라고 했던 수전 손택의 말이 생각납니다. 결국 우리는 서로를 구할 수 있다는 다정한 믿음으로 당신에게 손을 내밉니다.

이 책의 시작부터 마무리까지 아낌없는 용기와 격려를 넘치도록 쏟아주신 이규희 작가님과 도서출판 답게 대표님께 깊숙이 고개 숙여 감사드립니다.

2021년 4월

윤소희

| 차례 |

아빠.

잘 있지?

나는 지금 노란색 우비를 입고 목포대교 위를 걷고 있어. 방금 목포신항에 있는 세월호 앞에서 '함께 가자' 발대식을 마치고 걷기 시작했어. 비가 오네. 봄비라서 춥지 않은데 오늘따라 바람이 많이 불어. 아빠가 온 거라고 생각해.

아이들과 여기 도착했을 때 나는 애들 몰래 조금 울었어.

목포에 살면서도 세월호를 찾아온 건 처음이거든. 바람에 노란 리본들이 나부끼고 세월호는 저만치 멀리에 잔뜩 녹이 슨 채로 덩그러니 놓여 있어. 너무 초라하고 황량하더라구. 저 배에 탔던 사람들, 여기 목포 낯설 텐데, 엄마 아빠는 안산에 있을 텐데, 집에 가고 싶을 텐데.

세월호 기억 행동 콘텐츠 작업에 참여하길 잘했다는 생각이 들어. 우리 다섯 명은 함께 걷는 것으로 이 프로젝트의 마무리를 하자고 정했어. 검붉게 녹슨 세월호가 놓여 있는 목포신항에서 출발해 15박 16일 동안 걸어서 안산 문화광장까지 가는 거야. 우리는 느릿느릿 걷다가 힘들면 가끔 버스도 타기로 했어. 그래도 너무 힘들면 도중에 포기하자고 다짐했어. 그래도 괜찮다고.

이건 비밀인데, 우리가 도착하는 날 노란 옷을 입거나 노란 모자를 쓰거나 노란 마스크를 쓴 사람들이 광장에 모이고 흩어지고를 반복할 거야. 함께 하되 따로 또 같이 놀자고 SNS로 알렸거든. 몇 명이나 올지는 모르겠어. 코로나잖아. 그래도 우리는 호모 루덴스! 노란 사람들은 춤을 추고 노래하며 한바탕 놀고 곧바로 흩어질 거야. 그건 슬퍼서 우는 사람들을 위로하고, 슬퍼도 울지 않는 사람들을 위로하는 우리의 방식이야.

아빠, 이 걷기 프로젝트는 내가 제안했어. 아빠 수첩에 써 있던 버킷리스트에서 봤거든. 내가 대학생이 되면 아빠는 나랑 국토대장정을 하려고 했더라. 아직 수능도 안 봤지만, 아빠 버킷리스트에 있는 거 내가 하나씩하나씩 해줄게. 바다 낚시도 가고 캠핑도 갈게. 스무살이 넘으면 술도 마셔줄게. 누구나 꿈이 있을 필요는 없다고, 꿈이 있어도 꼭 이뤄야 하는 건 아니라고 했던 아빠에게 그렇게 작은 소망들이 많았는지 몰랐어.

아빠, 지금 나는 학교를 자퇴하고 모든 게 엉망인 것 같아 혼란스럽지만, 아무런 꿈도 없지만, 언제나 '괜찮아' 라고 말해주던 아빠 목소리를 기억해. 그러니까 기운 내 걸어볼게. 아빠가 함께 걸어주니까 참 좋다. 나란히 걷자 아빠, 사랑해.

❶
얼굴 없이 나를 건드리는 것

2014년 4월 16일.

아빠가 죽었다. 감전으로 인한 사고사였다.

그날 엄마와 나는 아침부터 세월호가 가라앉는 뉴스를 보고 있었다. 배에 타고 있는 몇백 명의 고등학생들을 걱정하며, 나는 고등학생이 되면 수학여행은 가지 말아야겠다는 결심을 하고 있는 중이었다. 개교기념일이라 실컷 늦잠을 잘 생각이었는데 계속되는 엄마의 혀 차는 소리에 결국 일어나 보게 된 뉴스였다.

"아유, 쯧쯧쯧. 별일 없어야 할 텐데. 해경들이 다 구해주겠지."

나는 영문을 모른 채 텔레비전 화면을 한참 동안 보고 나서야 겨우 상황을 이해했다.

"얼른 밥 먹어. 학교 안 간다고 게임만 하지 말고 엄마랑 벚꽃 구경 가자."

"난 안 간다고 어제저녁에 말했잖아."

"석현이네랑 다 약속 해놨다니까. 석현이도 가는데 넌 왜 안 가!"

형제가 없는 석현이와 나는 유치원 시절부터 단짝으로 지내 왔지만, 그렇다고 석현이가 벚꽃 구경 간다고 나도 세트처럼 꼭 가야 하는 건 아니다. 그해에 나는 이미 5학년이었다. 벚꽃 따위 에는 조금도 관심이 없었다.

식탁 위에 놓인 계란볶음밥 그릇을 들고 아예 소파로 옮겨 앉 아 뉴스를 보았다. 뉴스를 보는 동안 게임조차 잊어버리고 있었 다. 한쪽으로 완전히 기울어져 가라앉고 있는 배에서 사람들을 어떻게 구조해내는지 몹시 궁금했다. 나는 미동도 없이 중계방 송만 뚫어지게 보았다. 얼마 지나지 않아 전원 구조했다는 방송 기자의 멘트가 나왔다. 화면에 보이는 배는 여전히 기울어져 있 었다. 뉴스 화면은 계속 같은 장면이 반복되고 있었고, 승객들이 구조되고 있는 모습은 보이지 않았다.

"어머, 다행이다. 그럼 그렇지. 우리나라 해경 실력이 얼마나 뛰어난데. 박진서, 이제 텔레비전 그만 보고 나갈 준비나 해."

엄마는 이미 외출 준비를 마쳤는지 챙이 넓은 모자와 가방을 들고 방에서 나왔다. 엄마는 식탁 위에 있던 그릇들을 냉장고며 싱크대로 옮기느라 분주하게 달그락거렸다. 조금 기다리면 구조 장면이 나올 것 같아 나는 소파에서 꼼짝도 하지 않았다. 그때 전화벨이 울렸다.

"아유, 석현이네 벌써 왔나보다!"

엄마는 가방 안에서 부랴부랴 휴대폰을 꺼내며 신나게 말했다.

"네에, 여보세요?"

거기까지다. 내가 세월호 침몰 뉴스를 제대로 집중해서 본 것은 그게 처음이자 마지막이었다.

그날 저녁, 나는 아빠의 장례식장에서 세월호 전원 구조는 잘못된 뉴스였다는 소식을 들었다. 검은 옷을 입고 찾아와 아빠 사진 앞에서 절을 마친 어른들은 삼삼오오 모여 앉아 밥을 먹고 술을 마셨다. 간간이 아빠 이름이 들려오기도 했지만, 대부분은 아빠와 전혀 관계없는 세월호 이야기를 더 많이 하는 것 같았다.

방송에서 기자들이 그 정도로 완벽히 잘못된 뉴스를 보도하다니 이해할 수 없었다. 혹시 어쩌면 아빠가 죽었다는 사실도 잘못된 뉴스는 아닐까 하는 생각을 여러 번 했다. 저녁이 되자 장례식장에는 사람들이 더 많아졌다. 하지만 아빠가 죽었다는 게 잘못된 소식이라고 말해주는 사람은 아무도 없었다. 엄마 옆에 있고 싶었지만 이모 손에 이끌려 저녁을 먹고 집으로 돌아왔다.

2014년 4월 16일 날씨 흐림.

오늘은 이상한 날이다. 매우 슬픈 날이다. 아빠가 죽었다. 전기 기사인 아빠는 공사를 하다가 감전이 되었다고 한다. 수학여행을 가던 어떤 누나와 형들도 배가 가라앉아 바다로 빠졌다. 바다에 빠진 사람들은 어떻게 되었을지 궁금하다. 그 배의 이름은 세월호라고 했다. 나는 오늘 아빠가 살아나고, 세월호에 탄 사람들이 다 건져지는 꿈을 꿨으면 좋겠다. 엄마가 너무 울어서 걱정된다.

잠옷으로 갈아입고 나는 일기를 썼다. 이모는 계속 코를 훌쩍거렸다. 엄마처럼 소리를 지르다 쓰러져가며 우는 건 아니었지만, 어쨌든 우는 게 틀림없었다. 엄마가 울다가 소리를 지르다가 쓰러질 때마다 나는 무서웠다. 저러다 엄마까지 죽는 건 아닐까 하는 공포가 엄습했다. 이모와 함께 집에 와 있어도 무섭기는 마찬가지였다. 일기를 쓰려고 내 방으로 들어갈 때 이모가 말했다.

"진서야, 학교에 연락해놨어. 이번 주에는 학교에 안 가도 돼."

가족 중에 누가 돌아가시면 학교에 안 가도 되는 건 나도 알고 있었다. 그렇지만 어차피 일기는 써야 했다. 밀리면 나만 힘들어질 뿐이었다. 게다가 딱히 할 일도 없었다. 게임은 아무것도 하고 싶지 않았다. 그날 나는 일기에 '너무 무서워서 자다가 죽어버렸으면 좋겠다.'는 말을 쓰고 싶었다. 하지만 5학년짜리가 그렇게 쓰면 안 될 것 같아서 무섭다는 말은 한 마디도 쓰지 않았다. 나는 이제부터 중학생처럼 의젓해져야 한다고 생각했다.

그날 이후, 나와 엄마에게는 끔찍할 정도로 많은 일들이 일어났다. 엄마는 아빠의 죽음이 단순한 사고가 아니라 산재사고라며 아빠 회사를 상대로 싸워야 했다. 그게 워낙 복잡하고 억울한 일이어서 한참 동안 여러 사람의 도움을 받으러 뛰어다니느라 나는 혼자 있기 일쑤였다. 엄마는 늘 파김치가 되어 돌아와서는 멍한 얼굴로 앉아 있다가 소파에 그대로 쓰러져 잠들곤 했다. 가끔 나는 가만히 엄마 곁으로 가서 엄마의 숨소리에 귀 기울이며 안심하고는 했다.

엄마가 다시 기운을 차려 외출하면 나는 숙제며 준비물은 물론, 심지어 청소나 설거지까지 힘 닿는 대로 해치웠다. 엄마가 힘들어할수록 나는 강해져야 했다. 아빠가 보고 싶어도 절대로 울지 않았고, 아빠 이야기는 입 밖에 꺼내지 않았다.

"진서야, 드디어 해결됐어. 이제 보상받을 수 있게 됐어!"

매일 울던 엄마가 모처럼 웃으며 동시에 울던 날이 있었다. 나는 그런 엄마를 보며 사람이란 저렇게 여러 가지 모습으로 울 수도 있는 거구나, 하는 생각을 했다.

그날 저녁에 석현이 엄마가 우리 집에 와서 집 안을 난장판으로 만들고 가버렸다.

"우리 석현 아빠 살려내. 진서 아빠가 그 회사로 델구 가지만 않았어도 이렇게 죽지는 않았을 거라구!"

화를 낸다거나 소리를 지르는 정도가 아니라 온몸이 부서질 것처럼 악을 쓰고 있었다. 엄마도 가만 있지 않았다.

"물에 빠진 사람 건져주니까 보따리 내놓으라는 거야? 일 없는 사람 데려다가 자격증까지 따게 해준 게 누군데? 석현 엄마,

이러는 거 아니지. 우리 진서 아빠도 저 세상 사람인데… 흑흑!"

모처럼 기운을 차린 엄마가 의기양양하게 말하다 말고 흐느껴 울었다. 그러거나 말거나 석현이 엄마는 당장 달려들어 물어뜯을 것처럼 왕왕 악을 썼다. 나는 너무 무서워서 방으로 들어가 문을 잠가 버렸으나 분노로 가득한 목소리까지 잠글 수는 없었다.

"자격증 따면 뭐해? 정규직 시켜 준다며? 똑같이 일하다 죽었는데 누군 산업재해로 인정받고 누군 개죽음이냐구!"

"그게 내 책임이야? 진서 아빠 책임이야? 석현 엄마 마음 누구보다 내가 잘 알잖아. 마음 가라앉히고 같이 싸우자. 소송 걸고 일인 시위라도 하자구. 내가 도와줄게. 응?"

엄마는 한숨을 크게 한번 쉬더니 석현 엄마를 달래듯이 부드럽게 말했다.

"됐어! 애초에 물귀신 같은 진서 아빠 따라나서는 게 아니었는데, 재수 없게! 퉤!"

석현 엄마의 분노는 조금도 가라앉지 않았다.

"물귀신이라니! 아무리 억울해도 그렇지 그게 할 말이야! 석현 엄마, 그러는 거 아냐! 벌 받을라."

"벌? 이걸로도 모자라서? 내가? 더 받을 벌이 있을까? 그래, 어디 두고 보자."

그날 이후, 이모들보다 더 친했던 석현이 엄마와 우리 엄마의 관계는 완전히 끊어졌다. 덩달아 나까지 석현이와의 관계가 엉망진창이 되었다. 우리는 같은 날 같은 사고로 아빠를 잃은 단짝 친구였기에 그 일로 인해 석현이와 나와의 관계까지 달라질 거라고는 예상하지 못했다.

우리는 똑같이 아빠를 잃었으니까, 석현이의 고통과 나의 고통이 같으니까, 엄마들은 싸우더라도 나는 석현이와 나를 하나처럼 생각하고 있었다. 우리가 어떻게 해야 엄마들을 화해시킬 수 있을까, 나는 어린 마음에도 어느새 그런 궁리까지 하고 있었다.

그러나 우리 가족은 석현이네에게 가해자였다. 석현이 아빠를 죽음으로 이끈 건 어디까지나 우리 아빠라는 것이다. 석현이 엄마는 우리 아빠가 혼자 죽기 싫어서 가장 친한 친구를 데려갔다는 말을 여러 번 했다. 물귀신, 물귀신, 물귀신…

어느 날부터 석현이가 나를 피하기 시작했다. 처음에는 같이 다니던 학원을 그만두는 것으로 시작하더니 이런저런 핑계를 대며 나와 만나는 일을 아예 만들지 않았다.

중학교에 가서는 노골적으로 원망하는 눈빛을 내게 보냈다. 석현이네가 아파트 대출금을 감당하지 못하고 근처 빌라로 이사를 가게 되었기 때문이다. 서로 다른 중학교로 배정되어 자주 만나지 않았지만, 잠깐이라도 마주치면 석현이의 눈빛은 나를 공격했다. 욕을 하거나 때리는 것과 마찬가지로 폭력적이었다. 나는 석현이와 싸우고 싶지 않았기 때문에 못 본 척하는 것으로 그럭저럭 평화를 유지했다.

2학년에 올라갔을 때 석현이는 점점 비뚤어지고 있었다. 양아치 같은 애들과 어울려 다니기 시작했는데, 그 애들이 어디서 뭘 하고 다니는지 뻔한 노릇이었다. 나는 그런 석현이를 볼 때마다 화가 났다. 슬프기도 했다. 석현이가 나를 싫어하는 것보다 석현이가 망가지는 게 더 속상했다.

"너 걔들하고 그만 어울려 다녀라. 너 원래 공부도 잘 했잖아. 고등학교도 가고 대학도 가야지."

어느 날 버스 정류장에 마침 혼자 있던 석현이를 겨우 붙잡고 어렵게 말했다. 내가 생각해도 어른들이나 하는 잔소리 같았지만 어디까지나 진심이었다.

"오~ 지금 내 걱정 하는 거야? 내가 대학 못 가서 인생 망하면 박진서가 구해주겠지. 너네 아빠가 우리 아빠한테 그 좆같은 직장 구해준 것처럼. 꺼져, 이 물귀신 같은 새끼야."

석현이는 치밀어 오르는 분노를 감추지 못하고 있었다. 석현이의 분노를 이해하기 어려웠다. 슬픔을 분노로 표현하는 것 같았다. 무척 고통스러워 보였기 때문에 나는 화가 나기는커녕 석현이가 불쌍했다. 중2병인가.

원래 석현이는 밝은 아이였는데. 나는 석현이의 인생이 진심으로 걱정되었지만 내가 석현이를 위해 할 수 있는 건 아무것도 없다는 결론을 내리고 다시는 말을 걸지 않게 되었다. 가급적이면 석현이와 맞닥뜨리지 않으려 신경을 썼다.

우리의 관계는 그렇게 조용히 끝나는 줄 알았는데, 고등학교에서 다시 만났다. 석현이는 고등학교에 오자마자 아예 먼저 나서서 패거리를 만들어 몰고 다녔다. 석현이는 나와 너무나도 멀리, 완전히 다른 세상을 사는 존재가 되어 가고 있었다. 그러나 처음부터 상관없는 다른 존재가 아니었기 때문에 늘 석현이를 의식하며 지낼 수밖에 없었다. 티는 내지 않았지만 석현이도 나를 의식하고 있기는 마찬가지였을 것이다.

친한 적 없었던 다른 애들보다 훨씬 불편한 존재. 그러면서도 가끔 너무 그리워 미치겠는 존재. 유치원 다닐 때, 초등학교 다닐 때, 제법 귀여웠던 그때의 내가, 그때의 석현이가, 항상 함께였던 우리가 몹시 그리워 가끔씩 눈물이 핑 돌 정도였다.

'나쁜 새끼. 우정이 뭔지도 모르는 놈'.

한번쯤 석현이와 후련하게 속마음을 터놓고 이야기하고 싶었다. 주먹다짐을 하며 싸우더라도 그게 차라리 속 시원할 것 같았지만, 내 맘 편하자고 괜히 문제를 일으킬 필요는 없었다. 거의 안 보고 지내던 중학교 때와 달리 고등학교 생활은 많이 힘들었다. 다른 친구를 사귈 수도 없었다. 그 누구에게도 마음을 열고 다가가기 힘들었다. 할 수만 있다면 나는 석현이와 다시 잘 지내고 싶었지만 그건 상상조차 불가능한 일이 되어버린 지 오래였다.

입학한 날부터 매일매일, 조금씩, 꾸준히. 벌을 받는 기분이었다.

매일매일, 조금씩, 꾸준히. 나는 어서어서 시간이 가기만을 바랐다.

매일매일, 조금씩, 꾸준히. 짜여진 시간표대로 가급적 정확하게 생활했다.

공부해서 대학에 가는 것 말고는 다른 생각은 하지 않는 편이 좋았다.

고등학교 1년을 그렇게 지냈지만, 결국 나는 자퇴를 고민하고 있다.

아무래도 학교를 그만두어야 할 것 같다는 생각이 반복적으로 든다.

마귀할멈 같은 선생 화장똥칠과의 문제로 인해 교무실에 안 좋은 소문이 퍼진데다가 석현이 패거리의 진격까지 시작되었다. 이제는 단순히 석현이와 나, 둘만의 불편한 관계 정도로 끝날 일이 아니다. 얼마 전 피시방에서 석현이 패거리를 마주치던 그날부터 뭔가 일이 자꾸 꼬이기만 했다.

지독히도 재수가 없던 날. 안개가 자욱한 아침이었다.

제법 차가운 공기지만 드리블은 경쾌했다. 운동장 바닥을 탕

탕 치며 손에 붙듯 튕겨 오르는 공은 손에서 팔과 어깨로 이어지며 기분 좋은 탄력을 느끼게 해주었다. 안개로 인해 교실이 있는 건물은 저만치 떨어져 비현실적으로 여겨졌다. 오직 이 작은 농구장만이 세상의 전부인 것만 같았다.

내가 던진 공은 포물선을 그리며 가볍게 골바구니를 통과했다.

"슛!"

"아자!"

나는 왼손을 주먹 쥐고 흔들며 짧게 환호했다.

"삼십팔 대 삼십구!"

심판을 보던 아이가 큰 소리로 외쳤다. 우리 반이 드디어 1점을 앞서게 된 것이다.

나는 슛의 기쁨을 누릴 틈도 없이 재빨리 공을 좇았다. 골바구니를 통과한 공은 다시 우리 반 몫이 되어 이리저리 패스되고 있었다. 그러나 아이들은 내게 공을 패스할 기회를 잡지 못하더니 결국 50점 내기는 3반의 승리로 돌아갔다.

농구에 진 것도 기분 나쁜데, 하필이면 1교시가 화장똥칠의 시간이었다.

실력은 없으면서 잔소리만 늘어놓는 화장똥칠은 교실 앞문이 드르륵 열리는 순간부터 코를 싸쥐고 있는 대로 인상을 찌푸렸다.

"아우, 냄새! 아침부터 이게 무슨 퀘퀘한 냄새야, 엉?"

씻는다고 씻었지만 농구를 하고 들어온 아이들에게서 나는 땀 냄새는 다 가시지 않았다. 그러나 아이들은 땀 냄새보다 화장똥칠의 지독한 화장품 냄새에 오늘도 코를 싸쥘 지경이었다. 분명히 향긋한 화장품이었을 텐데. 화장품이 화장똥칠의 피부에 닿는 순간 똥 분자로 변하는 화학 반응을 일으키는 것은 아닐까. 그 사실을 잘 아는 화장똥칠은 똥 냄새를 없애기 위해 다시 독한 향수를 뿌린다. 독한 향수는 다시 독한 똥 분자로 변한다. 나는 그렇게 생각했다.

"당번 누구얏! 당장 일어나!"

화장똥칠은 입을 꼭 다물듯이 말했다. 말을 하려면 입을 벌려야 할 텐데, 오히려 입을 다물기 위해 안간힘을 쓰는 것처럼 보였다. 화가 날 때는 보다 더 우아해질 것, 우아해지려면 입을 작게 벌리고 말할 것! 아마 그녀는 그러한 규칙이라도 정해놓은 듯 화가 나면 우선 심호흡부터 하고는 입을 아주 작게 오므렸다. 그러고는 창밖으로 고개를 돌리며 뭔가 입 속에서 잘근잘근 씹어대듯이 말하기 시작한다. 저렇게 말하려면 힘들지 않을까. 두꺼운 화장은 부담스럽고, 힘들게 오므린 입 모양은 부자연스럽다. 보고 있는 아이들이 더 힘들 지경이었다.

맨 뒷자리에 앉았던 나는 느적거리며 일어섰다.

"너야?"

"네."

"앞으로 나와."

나는 앞으로 나가면서 지금부터 벌어질 일을 상상했다. 상상이라기보다 복기라고나 할까.

똑바로 서.

주번의 의무가 뭐야!

일단 학교에 오면 창문부터 열어 환기를 시켜야 할 거 아냐.

너희 담임은 이런 냄새를 맡고도 멀쩡하시니?

사람은 항상 책임감이 있어야 돼.

그래, 안 그래?

똑바로 대답 안 해?

다시!

안 들려!

뭐야, 너 지금 장난해?

넌 또 뭐야, 왜 웃어! 이리 나와.

뭐가 그렇게 좋아, 응?

주번이 혼나니까 고소해?

너 지금 옆에다 대고 뭐라 쭝얼거렸어!

어떻게 된 애들이 기본적인 예의조차도 없어.

오늘 수업 도저히 안 되겠다.

너희들은 인간쓰레기야.

지금 영어공부가 중요한 게 아냐.

화장똥칠은 늘 공부보다 '인성교육'을 강조했다. 너 앞으로 나와, 로부터 시작되는 그녀의 인성교육. 책임, 기본, 예의, 배려 이런 단어들이 1분단부터 4분단까지 골고루 돌아다니다가 교실 뒷벽에 가서는 '가정교육'이라는 단어와 함께 잠시 멈춘다. 드디어 인성교육 제2부 시작을 알리는 것이다. 이러한 그녀의 인성교육은 수업 시간 내내 이어진다.

도저히 안 되겠어, 너희 담임한테 말해야겠어.

신기한 것은 이렇게 마무리하는 순간 기가 막히게도 수업 끝종이 울리곤 하는 것이다.

"똑바로 서."

아니나 다를까. 오늘도 진도 나가기는 불가능한 것 같다.

기말고사는 이제 겨우 2주 남았다. 지난주에 7단원을 억지로 끝냈다고 쳐도 8단원과 9단원은 언제 진도를 나갈 것인가. 나는 1학년 내내 화장똥칠의 느리고 불규칙한 진도를 참아내느라 식은땀이 나고 심장이 터져버릴 것만 같던 순간들을 떠올렸다.

"주번의 의무가 뭐야!"

선생의 의무가 뭐야!

나는 마음속으로 화장똥칠한테 말대답을 꼬박꼬박하며 견디고 있었다.

"일단 학교에 오면 창문부터 열어 환기를 시켜야 할 거 아냐."

일단 학교에 오면 책부터 펼쳐 진도를 확인해야 할 거 아냐.

"너희 담임은 이런 냄새를 맡고도 멀쩡하시니?"

너희 교장은 이런 선생을 보고도 안 짜르시니?

"아버지가 없어도 행실은 똑바로 해야 할 것 아냐!"

"아버…에이, 씨이…" 뒷까지는 차마 발음하지 못한 채 나는 교실을 뛰쳐나와 버렸다.

심장이 부들부들 떨렸다.

어디로 가야할지 막막했다. 운동장을 빠져나와 터질 듯한 심장을 쾅쾅 두드리며 심호흡을 하고는 되는대로 걸어다녔다. 결국 눈에 띄는 피시방 간판을 보고 들어가 하루 종일 그곳에 머물렀다.

얼마나 지났을까. 집으로 가려고 할 때 석현이 패거리와 맞닥뜨린 후부터, 석현이를 포함한 다섯 명의 아이들은 끊임없이 나를 괴롭혔다. 아침에 눈을 뜨면 학교에 가야 한다는 사실에 숨이 콱 막히고 가슴이 조여왔다.

나를 아는 사람들이라면 아마 매우 놀랄 것이다. 나는 문제아도 아니고 학교생활 부적응자나 관종도 아니다. 성적이 그리 우수한 편은 아니지만 모범생인 내가 자퇴를 한다는 건 그 누구도 이해하기 힘든 일일 것이다.

가끔 공부를 너무 잘해서 검정고시를 통해 빨리 대학에 진학하려는 아이들이 있다는 소리를 들은 적은 있다. 실제로 본 적은 없지만. 나는 그런 축에 끼는 것도 아니다. 하지만 엄마와 담임만 설득한다면, 나는 학교를 그만두고도 학원에 다니며 착실히 계획을 세워 공부할 자신은 얼마든지 있다.

방학을 했고 새해가 밝았지만 바뀐 건 아무것도 없었다. 유석현 패거리는 조금도 멈출 기세를 보이지 않는다. 그들은 내가 이 세상에서 완전히 사라져 버리길 원하는 걸까. 아니지. 괴롭힐 대상이 있어야 하니까 내가 죽기를 원하지 않을 거다.

오늘 아침에도 눈을 뜨자 카톡 메시지 숫자가 '238'이나 찍혀 있었다. 밤새도록 피시방에서 낄낄거리며 농담을 주고받았을 유석현과 그 패거리 하나하나를 떠올리며 카톡을 열었다. 밤사이 무음으로 해놨지만 결국 읽었다는 표시는 해야 그나마 덜 귀찮아질 테니까.

당장 신고 해.

담임한테 찔러.

신고 정신!

방법은 많을 텐데ㅋㅋㅋㅋㅋㅋ

너도 재밌는 거지?

빙신.

진지충 ㅋㅋㅋ

물귀신 새끼.

놀라울 것도 없는 내용들이었다. 나는 그들이 두렵다기보다 차라리 거추장스러운 쪽이었다. 그렇다고 유치한 양아치 노릇을 하며 함께 어울릴 수도, 완전히 떨쳐낼 수도 없는 상황인 것만은 분명했다. 경찰도 담임도 엄마도 도와줄 수 없다는 것을 유석현은 이미 알고 있다. 그 부분에 대해서는 나도 같은 생각이다.

어른들이 개입해서 아이들의 문제가 제대로 해결되는 걸 지금까지 본 적이 없다. 기껏해야 조서 몇 줄 쓰고 서로 화해하며 잘 지내라고나 하겠지. 학교 명예니 뭐니 하며 입단속이나 시키느라 급급하겠지. 최소한 전학 조치는 시키려나. 그건 잘 모르겠다. 엄마는 어떨까. 울까. 큰 소리 땅땅 치고 혼자 몰래 울겠지. 결국 해결되는 건 아무것도 없다. 괜히 시끄럽게 만들어서 여러 사람 피곤하게만 할 뿐이다.

몇 번을 고쳐 생각해봐도 혼자 해결할 문제다. 다시 마음이 갑갑하게 조여든다. 돌멩이 하나가 가슴속 어딘가에 내장처럼 단단히 자리 잡고 있는 느낌이다. 인간은 아무도 알 수 없는 각자의 고통을 혼자 감당하며 살아야만 하는 존재라는 생각이 든다. 네 마음 알아, 이해해, 나도 그래, 이런 말들은 모르니까 할 수 있는 말이다. 기껏해야 안다고 착각하는 수준이다. 그러니 그 누구에게도 나의 고통을 털어놓을 필요가 없다.

아빠의 죽음이라는 고통을 함께 당한 석현이와 나조차도 서로의 마음을 어루만져주지 못했다. 나는 우리의 고통이 같다고 생각했는데 언젠가 석현이는 잔뜩 비웃으며 말했었다.

"야, 네가 알긴 뭘 알아? 어떻게 너랑 나랑 같냐? 기껏해야 손가락에 반창고 붙이고 있는 사람이 팔다리 잘라진 사람의 고통을 안다는 게 말이 되냐? 아, 시바, 진짜. 욕 나오네."

석현이는 그러면서 꺽꺽대고 울었다.

석현이도 나도 똑같은 사고로 동시에 아빠를 잃었지만, 석현이는 그 고통의 종류도 크기도 완전히 다르다고 생각하고 있었다. 아빠의 죽음은 우리에게 이런저런 경제적 보상을 남겼지만 석현이 아빠의 죽음은 반대로 굉장한 경제적 타격을 입힌 것 같았다. 자세한 사정은 모르지만 석현이 아빠가 죽고 석현이네 집은 극도로 형편이 어려워진 것은 사실이다.

석현이는 자기 아빠의 죽음이 우리 아빠 때문이라는 생각에서 벗어나지 못하는 것 같았다. 석현이 엄마가 우리 아빠를 '물귀신'이라고 했던 그날 이후부터 석현이는 '친구 따라 강남 간다'는 가벼운 속담에도 발작적으로 예민한 반응을 보였으니까. 그런 석현이의 표정에는 자기의 마음을 조금이라도 알아주었으면 하는 기대 따위는 전혀 없었다. 오히려 알아서는 안 될 비밀이라도 되는듯이 자신의 고통을 혼자 실컷 누리고 있는 것처럼 보였다.

카톡 메시지들을 삭제해버리고 나는 묵직한 몸을 겨우 일으켰다.

방학이어도 학원은 가야 했다. 어제 못 외운 단어들을 누운 채 외우려 했지만 도무지 집중이 되지 않았다. 거실로 나오자 토스트를 굽는 고소한 냄새가 진동했다. 엄마는 매일 저녁마다 팔고 남은 빵을 집으로 가져온다. 내가 빵을 싫어하지 않아서 얼마나 다행인지 모른다. 견과류가 잔뜩 들어 있는 호밀빵만 빼고.

"굿모닝~!"

아무것도 모르는 엄마의 아침은 오늘도 씩씩하고 평화롭다. 언제부터인가 엄마는 제대로 씩씩해졌다. 굽실굽실 길던 머리를 숏커트로 바꿔버리고는, 빵 만드는 법을 배우러 다니고, 자격증을 따더니, 얼마 지나지 않아 빵집을 오픈하기에 이르렀다. 남편이 없어도 잘 사는 여자임을 온 세상에 보여주겠다고 작정한 사람 같았다.

"얼굴 없이 나를 건드린다! 캬! 네루다 멋짐! 아들, 죽이지 않나?"

엄마는 냉장고 문에 하얀색 A4 용지를 붙이며 연극하는 사람처럼 큰 소리로 과장되게 시를 읽고는 내게 동의를 구했다. '격렬한 불 속에서 불렀'다는 말 때문에 아빠가 떠올라 종이를 찢어발기고 싶었지만 티내지 않았다.

또 시를 한 편 프린트해서 붙이는 걸 보니 월요일 아침이라는 사실이 실감 났다. 학교에도 시나 소설 따위를 좋아하는 애들이 간혹 있기는 하다. 그런 애들은 대부분 말도 없고 조용하고 부끄러움도 많이 타던데 엄마는 왜 저렇게 씩씩한지 모르겠다. 짧은 커트 머리에 키는 150cm나 겨우 넘을 듯한 작은 체구로 어디서 저렇게 씩씩한 기운이 솟아나는지 모르겠다.

"으응, 죽여."

엄마는 지금 내가 얼마나 죽고 싶은지 알기나 할까.

나는 영어 단어장에 눈을 붙박여 둔 채로 최대한 무심하게 대꾸했다. 시에 대해 말이 길어지는 게 싫다. 식탁에 앉아 꾸역꾸역 계란프라이와 토스트 조각을 주워 먹으며 단어를 외우기 시작했다. 30개를 외워야만 한다. 15분 만에. 나는 손목시계를 힐끗 보며 얼른 남은 시간을 계산한다. 1분에 단어 두 개씩. 학원 버스를 타고 가는 20분 동안 두 번 더 반복. 버스에서 교실까지 가는 동안 한 번 더 반복. 충분히 외울 수 있겠다.

"야, 박진서!"

"응."

"사람이 말하면 얼굴 좀 쳐다봐라, 웅?"

얼굴 없이 나를 건드리는 건 엄마다. 그렇게 생각하면서도 나는 가까스로 고개 들어 엄마를 보며 말했다.

"나, 이거 다 외워야 돼."

나 이거 다, 까지는 엄마 얼굴을 보고 말했지만, 외워야 돼, 에서는 나도 모르게 다시 단어장으로 고개가 숙여졌다.

"흠, 박진서. 너 학원을 그만두든지, 게임을 그만두든지. 둘 중에 하나만 해."

"규칙적으로 하는데 왜 그래? 엄마도 빵도 만들고 시도 읽잖아. 나도 그런 거야."

"시랑 게임이랑 같애? 네가 시에 빠져서 학원 단어를 못 외웠다면 내가 암말도 안 한다구."

"게임하느라 그런 거 아냐."

나의 규칙을 깨뜨리는 건 게임이 아니라 유석현 패거리임을 엄마가 알 리 없다. 절대 알아서도 안 된다.

"아니긴 뭐가 아냐!"

또 시작이다. 짜증이 나서 심장이 터질 것만 같다.

"모름지기 사람이 강인해지려면 시를 알아야 해. 시인이야말로 모든 걸 초월한 진정한 강자거든. 내가 공부 타령 하는 엄마가 아니라는 건 네가 더 잘 알잖아. 엄마는 말이지, 공부 잘 하는 모범생 되는 거 중요하다고 생각 안 해. 공부가 전부는 아니니까. 자기주장 한 마디 똑 부러지게 못 하는 애들이 공부 잘 해봤자 무슨 소용이야. 시험 잘 보는 바보. 그건 불쌍한 거지."

더 이상 엄마의 말이 귀에 들리지 않았다. 엄마의 주장은 결코 틀린 말은 아니지만 시종일관 꾸준히 진부하다. 엄마는 아빠가 죽은 이후 공부는 중요한 게 아니라는 주장을 반복한다. 그러나 정말로 그렇게 생각한다면 그 말조차 필요 이상으로 자주 할 필요가 없을 것이다.

엄마가 공부는 중요하지 않다는 일장 연설을 할 때마다, 나는 "공부는 매우매우 중요하지만 공부 스트레스로 죽을까 봐 내가 말을 못 한다"는 뜻으로 알아서 헤아려 듣는다. 엄마한테는 내가 전부니까.

"엄마."

"왜? 계란 하나 더 부쳐줘?"

"나 학교 그만둘까?"

"어이구, 웬일이셔? 내 말이 그 말이야. 공부가 인생의 전부는 아니거든. 오늘부터 당장 학원 그만둬도 좋다고 생각해, 엄마는."

"아니, 학교. 학원 말고 학교."

냉장고 앞에서 여전히 감탄스러운 표정으로 시를 바라보던 엄마는 굳은 듯 움직이지 않았다. 잠시 후, 시선은 아직도 냉장고를 향한 채 말했다.

"박진서가? 학교를? 에이, 농담이지?"

"진짜야."

"저녁 때 다시 얘기하자."

엄마는 내 말이 농담이 아니라는 걸 정확히 감지했다.

평소에 늘 신나는 일이 있는 사람처럼 약간 들떠 보이려는 엄마로서는 꽤 낮은 목소리였다.

엄마는 공부보다 시가 중요하고 높은 성적보다 음악이 위대하다고 강조하는 사람이다. 그런 주장을 할 때의 엄마 표정은 지나치게 자신감으로 가득하다. 그래 봤자 엄마의 시는 냉장고에나 붙어 있고, 엄마의 음악은 나 홀로 노래방을 가득 메울 뿐이지만.

그런가 하면 나는 무슨 말인지 분명하지 않은 시가 딱 싫다. 음악은 인정한다. 엄연한 규칙이 있으니까. 모든 음악은 비트박스처럼 박자가 딱딱 맞으니까 그건 멋지다고 생각한다.

게임이 재미있는 것도 바로 정확한 규칙이 있기 때문이다. 누구에게나 공평하고 가차 없는 규칙의 세계가 좋다. 모두가 정해진 규칙대로만 산다면 세상은 평화롭고 누구도 피해를 보지 않을 것이다. 피해를 보는 사람은 당연히 규칙을 지키지 않은 사람. 그러니까 자업자득에 대해서는 불평불만할 필요도 없는 것이다. 게임 속에서는 예외 없이 이 모든 게 정확하다.

나는 먹기를 그만두고 일어나 냉장고 문을 열었다. 우유를 마시고 바로 집을 나서기로 생각을 바꾸었다. 혹시라도 엄마가 맘이 변해 말이 길어지면 15분 내로 단어 30개 외우기는 불가능해지기 때문이다. 게다가 이미 4분이 지나고 있었다.

우유를 유리컵에 가득 따랐다. 나는 1000ml 우유팩 안에 이제 정확히 딱 한 잔의 우유가 남아있음을 무게로 느끼며 안심했다. 학원 다녀와서 마실 우유다. 마지막 우유는 잠자기 전, 키 크기 체조를 한 후에 마실 거다.

"야, 박진서. 냉장고 여닫을 때마다 시 좀 한번 읽어라, 응?"

엄마는 학교 그만두겠다는 말을 못 들은 사람처럼 아무렇지 않게 말했다.

"봤어."

어차피 봐도 몰라.

속으로만 한 마디 덧붙이며 나는 가방을 메고 나왔다.

학원 버스가 오는 아파트 입구까지 걸으면서도 단어장을 들여다봤다.

'얼굴 없이 그건 나를 건드리더군.'

영어 단어를 마저 외워야 하는데 엄마가 붙여 놓은 시구절이 떠올라 방해가 되었다. 목소리도, 말도, 침묵도 아닌데, 얼굴 없이 자꾸 나를 건드린다는 문장. 무슨 말인지 모르겠는데 자꾸 나를 건드렸다.

일주일에 시 한 편. 아빠는 내가 유치원에 다닐 때부터 냉장고 문에 시 한 편씩을 붙였다. 그때는 동시였다. 동시는 재미있었다. 쉬웠고, 규칙적이었고, 분명했다. 아빠가 죽자 더 이상 시를 읽을 일은 없었다. 내가 중학생이 된 후 어느 날부터 엄마가 아빠의 시 한 편을 이어가기 시작했다. 그러나 엄마가 붙이는 시들은 어렵고, 불규칙적이고, 불분명한 말들만 적혀 있었다. 냉장고 문에 붙은 시는 일주일에 한 번씩 바뀐다. 나는 내가 시를 싫어한다는 사실을 일주일에 한 번씩 확인한다.

"무슨 말인지 하나도 모르겠어."

"무슨 말인지 모르니까 멋있는 거야!"

엄마는 왜 무슨 말인지 모르는 시를 좋아하는 걸까 잠깐 생각하는 사이 학원 버스가 도착했다. 추운 줄도 몰랐는데 버스에 올라타자 안경에 김이 하얗게 서렸다. 자리에 앉고서야 허겁지겁 단어를 외우기 시작했지만 결국 다 외우지 못했다.

학교를 그만두는 일은 믿을 수 없이 간단했다.

그날 저녁 엄마는 이미 마음의 준비를 단단히 한 상태였다. 마음의 준비가 안 된 쪽은 오히려 나였다. 엄마가 먼저 말을 꺼내지 않았으면 어영부영 그냥 넘어갔을지도 모를 일이었다.

"박진서, 잘 들어. 너 엄마 성격 알지?"

엄마는 나를 쳐다보지 않은 채 사과를 깎는 데 집중하며 말했다. 중요하고 심각한 이야기를 꺼낼 때 엄마는 늘 다른 일에 집중하며 건성으로 말하듯이 대화를 이어나가는 습관이 있다.

"그냥 하고 싶은 말 하세요."

"학교 그만두고 싶으면 그만둬도 좋아."

가볍게 대충 얼버무리고 싶을 때 나오는 나의 존댓말에 엄마가 준비된 대사를 읊듯 시원스럽게 말했다. 단호하게 말하는데

묘하게도 다정함이 배어 있는 말투였다.

나는 다음에 이어질 말을 기다렸다. 다만 조건이 있어,로 시작할 다음 말. 엄마는 내가 뭔가 요구할 경우에 늘 단서를 달고 허락하는 버릇이 있었다. 내가 조건에 응하지 않으면 허락은 성립하지 않았다. 잠시 침묵이 흘렀다. 내가 먼저 물었다.

"조건은?"

"없어."

"없어?"

나는 당황했다. 처음이다. 나의 요구에 아무 조건도 없이 엄마가 가뿐히 동의한 것은. 게다가 이건 용돈을 올려 달라든지, 친구 집에서 자고 오겠다든지, 유행하는 운동화를 사달라든지 하는 요구와는 완전히 다른 문제가 아닌가. 아들이 학교를 그만두겠다는데 설득은커녕 묻지도 따지지도 않고 그렇게 하라고 하는 엄마가 세상 천지에 어디 있나. 혹시 계모인가? 출생의 비밀? 엄마에게 떠밀려서 학교를 그만두게 될 것 같은 기분마저 들었다.

어쩌면 엄마가 오히려 더 세게 나옴으로써 결과적으로 학교를 다니게 하려는 작전일 수도 있다는 생각도 잠깐 들었다. 그러자 그냥 밀어부치는 게 낫겠다 싶었다.

"우리 진지남 박진서가 그냥 하는 말이 아닐 테니까."

"그걸 어떻게 알아?"

"넌 내가 아무것도 모르는 줄 알지? 나, 네 엄마야."

엄마는 사과 접시를 내 쪽으로 내밀었다. 그러고는 탁자 위의 찻잔을 들어 녹차를 한 모금 마시더니 살며시 웃으며 말했다. 찻잔에 새겨진 꽃무늬처럼 아롱아롱 퍼지는 미소였다. 평소의 엄마답지 않게 차분하고 부드러운 태도였다. 이상하게 마음이 편안해졌다.

하마터면 나는 엄마에게 그동안 있었던 유석현 패거리들의 이야기를 털어놓을 뻔했다. 학교를 그만두는 것 말고 다른 방안을 찾아보는 게 맞는 건 아닐까 의논하고 싶은 마음도 불쑥 올라왔다. 그러나 역시 그건 좋은 방법이 아니다. 엄마는 또 씩씩한 척할 것이다. 엄마는 엄마대로 고통스럽고, 일은 일대로 더 커질 뿐이라는 데에 금방 생각이 가 닿았다.

"곧 2학년 반 배정을 할 건데, 학기 중간에 그만두는 것보다 시기적으로 지금이 낫죠. 진서는 성실하니까 검정고시 보고 바로 수능 치르는 게 더 빠를 수도 있어요."

담임은 나와 면담 한 번, 엄마와 면담 한 번씩을 한 후 자퇴신청서를 내밀었다. 이유를 깊게 따져 묻지도 않았고, 전학을 권하지도 않았다. 흔히 있는 일이라는 듯 사무적으로 일을 처리하는 데 능숙했다. 입시 준비에 몰입하기 위해 자퇴하는 상위권이 아닌 이상, 분명 왕따 문제 같은 게 연관되어 있을 거라 짐작도 했을 것이다. 화장똥칠 눈치를 보는 걸까. 게다가 한부모 가정이니 관심 가져봤자 담임만 골치 아픈 문제에 개입될 거라 염려했을 수도. 그저 교칙에 맞게 서류만 작성하면 그뿐인 것이다.

"진서는 여기, 어머니는 여기 사인하시면 됩니다."

서류는 간단했다. 학생과 보호자의 인적사항을 적고 각각 사인하는 것으로 자퇴가 처리되는 방식이었다. 담임과 인사를 나누고 교무실 문을 닫고 나온 후에도 나는 실감이 나지 않았다. 학교를 그만두는 게 이렇게 쉬운 일이었나. 엄마도 학교도, 내 인생에 관여하지 않아서 고마운데 한편 이토록 서운한 감정은 또 뭔지.

"아들! 자퇴 축하해! 피자 먹으러 갈까?"

교문을 나서자 환하게 웃는 엄마와 달리 나는 어찌된 영문인지 엄청난 피로감이 몰려왔다. 엄마는 늘 약간 과장되게 밝은 모습이라 연극하고 있는 사람 같을 때가 많다.

"엄마, 나 일단 집에 가서 좀 쉬고 싶은데."

"오케이! 이제 자유니까!"

엄마는 잠시 머뭇거리는 듯했지만 저녁에 보자며 곧바로 빵집을 향했다. 쿨한 엄마. 아니, 쿨하려고 기를 쓰는 엄마. 울고불고 설득하고 협박하는 엄마보다 훨씬 낫지만 나는 엄마와의 사이에 두꺼운 벽이 가로놓여 있는 기분이었다. 집으로 오는 내내 막막하고 허전했다.

과연 잘한 결정인지 혼란스러웠다. 학교를 그만두는 것으로 유석현 패거리로부터 확실하게 벗어났다고 할 수 있는 것인지도 사실 알 수 없는 일이었다. 당분간 학원과 집만 왔다 갔다 하며 수능과 검정고시를 동시에 준비할 계획이다. 유석현 패거리와는 일단 마주칠 일이 없을 테니 미리 걱정할 필요가 없다. 그러니 걱정은 노노노. 하지 말자. 학교와 관련된 모든 단톡방에서 탈퇴했다. 서둘러 집으로 가서 계획표부터 짜기로 결심하자 마음이 한결 편안해졌다.

그러나 집으로 돌아온 나는 침대에 눕자마자 까마득한 잠으로 빠져들었다.

식은땀을 흘려가며 자다 깨면 밤이었고, 자다 깨면 새벽이었다가, 다시 자다 깨면 늦은 오후이기도 했다. 먹지도 않고 씻지도 않고 며칠이 지나도록 나는 뭔가에 홀린 듯 좀처럼 잠에서 완전히 벗어날 수 없었다. 수없이 많은 꿈을 꾼 것 같은데도 깨고 나면 아무것도 기억나지 않았다. 가끔은 베개가 흥건히 젖을 정도로 눈물이 흘러 깰 때도 있었다. 엄마 손에 등 떠밀려 일어나 밥을 먹은 것 같은데 그조차도 꿈인지 생시인지 구분이 되지 않았다.

다만, 석현이가 꿈에 여러 번 나타난 것만은 또렷이 기억에 남았다. 석현이는 물속으로 가라앉고 있었다. 내가 손을 뻗으면 금방 닿는 듯 하다가도 조금씩 조금씩 멀어지며 점점 물속으로 가라앉았다. 석현이가 물속으로 가라앉는 건지 물이 위로 차오르고 있는 건지 알 수 없었다.

"그럼 어떡해. 석현이랑 같은 학교 배정받았을 때 아무래도 무슨 사달이 나도 나겠구나 생각은 했어. 석현이는 내가 잘 알지. 나쁜 애 아냐. 아빠가 보상금 한 푼 못 받고 저렇게 되었으니 애가 방황할 수밖에. 그럼, 그럼. 우리 진서랑 떨어져 있는 게 서로 좋아."

엄마는 중간 중간 한숨을 크게 쉬어가며 누군가와 통화하고 있었다.

"나도 많이 생각했어. 이사는 못 가지. 진서 아빠가 어떻게 마련한 집인데. 괜찮아. 진서는 지 아빠 닮아서 자기 할 일은 미련할 정도로 성실하게 해내잖아. 그럼그럼. 요즘 같은 세상에 학교 아니면 공부 못 하는 것도 아니고. 하아, 글쎄, 모르겠어. 며칠째 저렇게 잠만 자네. 응, 걱정 마, 난 괜찮아. 그래, 고마워. 너도 새해 운수대통!"

처음에는 꿈인 줄 알았다. 멀리서 아른거리던 물체가 점점 가까이 다가오며 또렷해지는 것처럼 엄마의 목소리도 그렇게 점점 선명한 모양이 되더니 급기야 나를 일으켰다.

엄마는… 다 알고 있었구나. 얼굴 없이 나를 건드린다는 것이 이런 걸까. 몸을 일으키고 방 안을 둘러보았다. 달라진 건 아무것도 없었다. 늦은 오후였다. 지는 해가 방 안으로 들어와 창문 모양의 긴 그림자를 드리우고 있었다.

02
우리는 여기서 함께

우리가 어릴 때, 엄마들이 자주 앉아 있곤 했던 놀이터 벤치에 앉았다.

나는 지금 진서를 기다리고 있는 중이다.

센스빌 아파트 놀이터는 여전하다.

폭신폭신 쿠션감이 기분 좋아 뛰고 또 뛰었던, 알록달록 물방울 무늬 바닥.

흔들리는 게 무서우면서도 기어코 통과하곤 했던 그물 터널.

다리로 기어올라 코를 타고 슈웅 미끄러져 내려오던 코끼리 미끄럼틀.

날씨도 별로 춥지 않은데다 방학을 해서인지 꼬마들이 많았다. 열 명쯤 되는 아이들이 저마다 까랑까랑 소리를 내며 놀이에 흠뻑 빠져 있었다. 진서와 내가 그랬듯이. 우리는 여기서 함께 놀고 함께 먹고 함께 학습지를 풀기도 했다.

"우리는 같이 살고 같이 죽는 거야!"

"물론! 영원히 의리 지키기!"

4학년 어느 날엔가는 구름 사다리에 매달려 비장하게 우정 맹세도 했었지. 지금 생각해보면 오글거리지만 귀여웠다, 우리.

진서와 나의 어린시절을 생각하다보니 만나자는 문자를 보낼 때와는 달리 묵직한 용기가 솟아났다. 오래 망설이다 문자를 보냈지만 다행히도 진서는 내가 혼자 나온다면 만나겠다고 순순히 응했다. 나 역시 뭉쳐 다니던 아이들을 이끌고 진서를 만날 생각은 애초에 없었다.

진서가 학교를 그만뒀다는 소식을 들은 건 일주일 전이었다.

"들었어? 박진서 그 새끼 학교 쨌다는데?"

"오늘? 범생이놈이 웬일이래? 아예 결석한 거야?"

"뭔 소리야! 결석이 아니고 무려 자퇴하셨단다."

"엥? 말도 안 돼!"

"진짜야!"

"잘못 들었겠지. 걔가 학교를 왜 그만둬. 1분만 지각해도 하늘이 무너지는 줄 아는 놈이야. 진서는 내가 잘 알아."

"아, 씨, 진짜라니까 새꺄. 혹시 우리한테 존나 쫄았나?"

진서의 자퇴 소식을 도무지 믿을 수 없었다. 실망스럽게도 헛소문은 아니었다.

앞뒤 꽉 막힌 모범생 진지충 박진서가 자퇴를 하다니. 다른 애들이 다 자퇴해도 진서는 아니었다. 진서는 그럴 수 있는 녀석이 아니었고, 그래서도 안 되는 거였다. 진서의 자퇴 소식을 듣자마자 나 때문이라는 생각이 들었다. 그러나 확인해야 했다. 과연 나 때문일까. 인정하기 싫었다. 심하게 폭력을 쓴 것도 아니고 죽이겠다고 협박한 것도 아닌데 그 정도로 학교를 그만두다니. 바보 같은 새끼. 약해빠진 새끼. 심장이 빠르게 뛰었다.

놀란 마음이 가라앉자 불현듯 화가 치밀었다. 미안한 마음에도 화가 날 수 있다는 것을 처음 알았다. 마음이란 것은 믿을 게 못 된다. 앞뒤가 안 맞고 뒤죽박죽이다. 진서를 좋아하면서도 괴롭히던 내 마음도 그랬으니까. 어쩌면 다른 이유로 학교를 그만두었을 수도 있다. 그렇다면 그게 무슨 이유인지 나는 알아야만 한다. 아빠가 죽고 나서도 꼬박꼬박 학교 숙제 한번 밀리지 않던 지독한 놈이 자퇴한 이유를 나는 알아야겠다.

아빠가 죽은 후부터 진서를 보면 가슴이 콱 막혀 왔다.

진서 아빠와 우리 아빠가 함께 죽었기 때문일까. 진서만 보면 아빠 생각이 나는 건 어쩔 수 없었다. 진서 아빠와 우리 아빠가 감전이 되는 순간의 그 끔찍한 장면이 보였다. 나는 사고 현장에 있지도 않았으면서 아빠가 어떻게 죽었는지 수도 없이 상상하고 또 상상한 결과 마치 그 장면을 내가 보고 있던 것처럼 여기게 되었다.

2만 볼트의 전류가 아빠의 몸을 순식간에 불덩어리로 만드는 상상. 빨갛게 불이 붙는 상상. 까맣게 타버리는 상상. 뜨거운 물

컵만 만져도 순간적인 충격이 엄청난데 2만 볼트는 과연 어떤 뜨거움인지, 어떤 충격인지, 도무지 상상할 수 없기에 상상하고 또 상상했다. 아무리 상상해도 상상이 안 돼서 차라리 다행이라고 생각했다.

아빠는 그림을 그리고 싶어 했던 사람이다. 비쩍 마른 팔, 구부정한 어깨. 전기일 뿐만 아니라 몸으로 하는 노동은 내가 보기에도 영 소질이 없는 사람이었다. 형광등을 가는 것도, 변기가 막혔을 때 해결하는 것도, 고장난 선풍기를 고치는 것도 늘 엄마 몫이었다. 그런 아빠가 어느 날부터 진서 아빠 손에 이끌려 전기 공사를 하러 다니겠다고 했다. 엄마는 반대했다. 아빠는 설득했다.

"아니, 일손이 모자라다는데 그럼 어떡해! 어차피 나도 언제까지 이렇게 놀고 있을 수만은 없는 일이고."

엄마도 포기하지 않았다.

"당신은 너무 귀가 얇아. 아니, 한창 친구에 빠지는 십대도 아니고, 왜 맨날 친구 따라 강남 가는 식이냐구. 왜 늘 진서 아빠가 하자는 대로 하냔 말야. 당신이 그런 험한 일을 어떻게 하려고 그래? 다른 일 알아봐. 당장 굶어 죽는 것도 아닌데."

"그 친구가 다 나 위해서 하는 소리잖아. 나쁜 짓 하자는 것도 아니고!"

"그래도 이번 일은 얘기가 다르지. 형광등도 갈 줄 모르는 사람이 공사장 전기 일을 어떻게 하냐구. 진서 아빠야 공대 나와서 자격증도 있으니까 하지, 당신은 그거 못 해."

"다 가르쳐 주며 데리고 다닌다고 했어. 자격증은 따면 되는 거고!"

아빠가 짜증을 내자, 엄마도 왈칵 성질을 냈다.

"아, 몰라! 그 팔랑팔랑 얇은 귀가 왜 내 말에는 매번 콘크리트 철벽이야!"

결국 그 불똥은 나한테 튀어서, 엄마는 걸핏하면 친구 따라 강남 가는 짓은 절대 하지 말라고 잔소리를 했다. 아빠는 고등학교 때부터 진서 아빠랑 절친이었는데, 진서 아빠가 하자는 대로 해서 인생 망쳤다는 것이다. 시 쓰고, 그림 그리고 기타 치며 노는 것만 따라 하느라 아빠는 제대로 된 대학도 못 갔다고.

그토록 뜯어말린 건 엄마의 불길한 예감이었을까.

결국 사고가 났다. 하필이면 세월호가 침몰하고 있는 것을 전 국민이 생중계로 보고 있어야만 했던 그날. 엄마는 미친 사람처럼 울부짖으며 날뛰었다. 나는, 아빠와 진서 아빠의 사고 소식을 듣는 순간부터 장례를 치르는 내내 어이없게도 진서를 걱정하고 있었다.

어떡하지 진서.

아빠 없는 진서 큰일 났다.

난 아빠가 이 세상에서 젤 좋아, 라고 수없이 말하던 진서.

내가 가장 존경하는 사람 그림 그리기 시간에 아빠를 그렸던 진서.

아빠에 대해 말할 때마다 커다랗게 함박웃음을 짓던 진서.

아빠가 가르쳐줬어.

아빠가 만들어줬어.

아빠랑 갔다 왔어.

아빠가 그랬어.

아빠랑 할 거야.

어떤 이야기에도 아빠가 빠지지 않았던 진서.

그런 진서.

이제 어떡하지.

그런데 언제였을까. 그즈음 어느 날이었다.

멀쩡한 진서 얼굴을 보는 순간, 나는 진서에 대한 증오가 갑자기 확 밀려들었다. 5학년 때 일찌감치 사춘기가 시작된 걸지도 몰랐다. 나는 그렇게 우리를 버리고 죽어버린 아빠에게도 화가 나 있었는데, 그때는 슬픈 감정과 화가 나는 감정을 구분하지 못했던 것 같다. 어쩌면 우리 아빠에 대한 증오를 진서에게 돌림으로써 나도 진서처럼 사랑받던 아들이라는 사실을 애써 스스로 인정해보고 싶었던 걸까.

나도 아빠를 잃었는데 왜 내 걱정은 하나도 되지 않는 건지.

왜 똑같이 아빠를 잃었는데 진서의 걱정을 내가 하고 있는 건지. 왜 우리 아빠는 나로 하여금 아빠에 대한 슬픔과 그리움에 더해 화까지 나게 만든 건지.

아빠를 유난히 따르고 좋아하는 진서가 부러웠던 적이 많았다. 그만큼 아빠의 죽음으로 인한 슬픔만 느낄 진서가 부러웠다. 진서가 나보다 훨씬 슬플 것 같아서 화가 났다. 나도 아빠가 죽었는데 진서 걱정이 되어서 화가 났다.

장례식이 끝나고 처음으로 학교에 간 날, 나는 진서를 잔뜩 걱정하는 마음으로 진서네 교실로 찾아갔었다. 그러나 진서는 나를 보자마자 고개를 획 돌리더니 분주하게 책상 정리를 했다.

"진서야, 괜찮아?"

나는 솟구치는 눈물을 주체하지 못하며 물었다.

"학교에서 이러지 마. 나중에 보자."

진서는 울지 않았다. 아무 감정도 없는 아이처럼 보였다. 아빠에 대한 사랑만큼의 슬픔으로 얼룩져 있어야 마땅한 시기였다. 그 사랑의 힘으로 오히려 나보다 더 실컷 아빠를 그리워하고 애통해하고 주변 사람들의 위로를 받아들여야 할 때였다.

진서는 감정이 없는 아이일까. 아빠가 죽었는데 왜 울지 않을까. 게다가 나는 아빠가 죽었다는 실감도 나지 않았지만 눈물은 멈추지 않았다. 어차피 아빠와 함께 있는 시간도 별로 없었고 길게 이야기를 나눠본 적도 없었다. 모든 일은 엄마가 처리하고 해결했고 아빠는 집에 없는 날들이 더 많았다.

친구가 있다는 다른 지역으로 가서 일하느라 우리와 몇 개월씩 떨어져 지낸 적도 여러 번이다. 집에 매일 있으면 갑갑하다며 여행을 다녀온다고 나가 며칠씩 돌아오지 않기도 했다. 집으로 전화해서 안부를 묻거나 하는 일도 여간해서는 없었다. 엄마가 마트에서 파트타임으로 일하는 돈으로 우리는 겨우겨우 생활을 했다.

"아빠에게는 남들한테 없는 날개가 달려 있어."

아빠에 대해 투덜거릴 때마다 엄마가 했던 말이다. 결국 그놈의 날개 때문에 가만히 못 있고 이리 날아다니고 저리 날아다닌다는 얘기다. 날개가 있다면 좀 제대로 날면 안 되나? 왜 걸핏하면 날다가 떨어져서 초라한 모습으로 집에 기어 들어오느냐 말이다.

아빠가 들어오는 날이면 잠을 이룰 수가 없었다. 아빠는 언제나 벨을 누른다. 딩, 하고 누른 소리가 한참 후에, 그러니까 정확히 5초 후에 동, 하며 힘없이 운다. 그건 아빠가 벨을 누르는 방식이다. 엄마나 나는 삑삐삐삐삐삑, 하고 경쾌하게 번호키를 누르지만 아빠는 그렇게 하지 않았다. 날개 달린 동물들은 머리가 너무 작아서 번호키의 비밀번호 따위 외울 수 없는지도 모른다. 그런데 도대체 아빠는 지금 어디를 날고 있을까.

진서는 아빠의 죽음을 어떻게 받아들이고 있는 건지 알 수 없었다.

눈물을 뚝뚝 흘리며 울지는 않았지만 그렇다고 예전처럼 밝은 것도 아니었다. 뭐랄까. 아무 표정이 없었다. 아, 생각난다. 진서의 어두운 얼굴. 아빠가 죽기 전에는 한 번도 본 적이 없는 침울하고 기죽은 얼굴. 기운이 하나도 없는 얼굴. 마치 죽은 사람을 보는 것 같았다. 그런 진서를 볼 때마다 우리 아빠가 죽었다는 사실을 새삼스럽게 마주했다. 아빠는 애초에 내게 없는 사람이나 마찬가지였다. 늘 기다리게 하는 사람이었다. 그러나 아빠가 죽었다는 것은 이제 아무리 기다려도 오지 않는다는 것을 뜻했다.

이런 식의 실감은 불쾌했다. 나는 왜 진서의 어둠을 통해야만 우리 아빠의 죽음을 실감할 수 있는지. 나는 왜 아빠가 원망스럽기만 한지. 슬픔보다 짙은 진서의 어둠은 오히려 의연하기까지 했고, 그것은 나에게 크나큰 상처가 되었다.

진서의 아빠가 우리 아빠였으면 혹은 우리 아빠도 진서 아빠처럼 해줬으면 하고 바라거나 생각한 적은 결단코 한 번도 없었다. 난 그냥 진서가 좋았다. 진서의 밝음, 진서의 자신감, 진서의 착함이 다 좋았다. 진서의 아빠는 부럽지 않았다. 아빠를 마음껏 사랑하는 진서의 마음이 부러웠다. 진서는 왜 그토록 아빠를 좋아하는지 때로 궁금하기도 했다.

나는 아빠를 좋아한다거나 싫어하는 대상으로 생각한 적이 없었다. 그저 아빠는 존재하는 사람이었다. 엄마나 아빠는 나를 만든 사람들이니 당연히 존재하는 것일 뿐, 특별히 내가 좋아하거나 사랑해야 하는 대상은 아니라고 생각했다. 언제나 부재 중인 아빠를 사랑하는 법을 알지 못했다.

어버이날에 학교에서 부모님께 편지 쓰기를 할 때마다 아이들은 왜 하나같이 편지의 마지막을 '사랑해요'로 마무리 하는지 이해할 수 없었다. 부모가 과연 사랑의 대상인가. 그냥 원래부터 존재하는 사람들 아닌가. 꼭 사랑하는 마음을 가져야 하는 건가. 안 생기는데. 억지로. 미워하는 마음도 사랑하는 마음도 내게는 어색하고 낯설게 여겨졌다.

진서는 아빠 이야기를 할 때마다 몹시 행복해했고, 자랑스러워했기 때문에, 그런 마음이 조금 부럽기는 했다. 행복과 자랑의 대상이 좋은 성적이나 장난감이 아니라 아빠라니 뭔가 좀 존경스러운 기분이 되기도 했다. 그러나 내게는 없는 감정이었다. 그럼에도 불구하고 누군가를 사랑하거나 좋아하는 감정은 사람을 꽤 근사하게 만드는 것 같았다. 진서도 진서의 아빠도 근사한 사람처럼 생각되었으니까.

사람을 좋아하는 감정은 행복한 게 틀림없다는 거 정도는 알고 있었다. 지금 생각해보면 초딩 주제에도 여친이나 남친이 생긴 아이들은 저마다 행복에 겨워 어쩔 줄 몰라 했다. 강아지나 고양이를 좋아하고 사랑하면 생기는 마음과도 같은 것이다. 나도 진서와 노는 게 행복하고 즐거웠다. 진서를 많이 좋아했으니까. 진서 아빠한테 진서를 빼앗기는 기분일 때는 질투도 느꼈다.

"우리 이번 토요일에 새로 생긴 피시방 가자."

"미안해. 이번 토요일은 아빠랑 낚시 가기로 했어."

진서와 내가 이런 식의 대화를 주고받을 때마다 나는 잠깐씩 서운했다. 진서는 왜 아빠랑 노는 걸 그토록 좋아하는지 이해하기 어려웠지만 그건 내가 이해하든 말든 상관없는 일이었다.

나는 진서와 유치원에 다닐 때부터 시작해 학교며 학원이며 늘 자석처럼 붙어 다녔기 때문에 그걸로 충분히 만족스러웠다. 대부분의 시간을 나와 놀고 진서 아빠가 일을 안 하는 주말에만 아빠랑 노는 정도였으니 내가 얼마든지 양보해야 한다고 생각했다.

그런데 죽음은 달랐다.

진서 아빠의 죽음은 진서를 내게서 송두리째 빼앗아 갔다. 진서는 나와 함께 있는 동안에도 마음은 다른 곳에 가 있었다. 잠시도 내 옆에 있지 않았다. 웃지도 않고 울지도 않는 진서는 낯설었다. 나는 예전처럼 진서를 즐겁게 할 수 없었다. 우스갯소리로 억지 개그를 해서라도 진서를 웃게 하고 싶었지만 진서한테 돌아온 말은 잔인했다.

"야, 유석현. 정신 좀 차려라. 웃음이 나오냐? 아빠 돌아가신 지 얼마나 됐다고! 아빠한테 미안하지 않냐? 너희 아빠가 하늘나라에서 널 보면 얼마나 섭섭해하시겠냐. 아빠가 죽었으면, 너도 그런 아들답게, 어른답게 행동해야지.”

초등학교 5학년씩이나 된 나는 고작 초등학교 5학년이었던 진서에게 훈계나 듣는 처지가 되었다. 진서를 웃게 하고 싶었던 것뿐인데. 어린 마음에도 자존심이 상했다. 그런 아들답게? 아빠를 잃은 아들답다는 건 뭘까. 나처럼 철철 울어서도 안 되고, 안 울어보려고 우스갯소리를 해가며 웃어서도 안 되는 걸까.

아빠들이 과연 그걸 원할까. 아빠들이 하늘나라에서 우리를 보고 있다면 아들이 슬퍼하기도 하고, 눈물 싹 닦고 밝게 웃기도 해가며 그렇게 살아가는 걸 더 보고 싶어 하지 않을까. 하지만 이미 진서에게 주눅이 들어버린 나는 그런 주장을 하지는 못했다.

우린 더 이상 예전처럼 될 수 없었다.

나는 점점 진서가 불편해졌다. 그럭저럭 지내다가도 진서와 마주치면 울어야 할지 웃어야 할지 몰라 허둥댔다. 진서에게 어떤 모습을 보여줘야 하는지 알지 못해 난처했다. 게다가 기껏 잊고 있던 아빠의 죽음이 진서를 보는 순간에는 불쑥 떠올라 숨통이 막혀왔다. 아빠의 죽음을 떠올리는 일은 온몸이 뜨거워지고 호흡이 어려워지는 일이었다.

나도 모르게 진서를 피하기 시작했다. 진서를 마주칠 때마다 고통스러웠다. 그렇게 초등학교를 졸업하고 중학생이 되어서는 진서를 만날 일이 별로 없었다. 서로 다른 학교를 다니게 되었고,

학원은 집안 형편 때문에 그만둘 수밖에 없게 되었다. 심심해서 어울리는 아이들은 있었지만 진서와 나눈 것처럼 우정을 느끼는 친구를 사귀지는 못했다. 망망대해에 혼자 버려진 기분. 사라져 버리고 싶을 만큼 외로웠다.

고등학교에 입학할 때는 다시 태어나는 마음으로 시작하자고 다짐했다. 대학 갈 준비도 하고, 좋은 친구들도 사귀자고. 막연했지만 그럴 수 있을 것 같았다. 진서와 같은 학교가 아니었다면, 그랬다면 아마 가능했을지도 모른다.

입학식에서 진서를 마주치는 순간, 피가 거꾸로 도는 것 같은 분노가 일어났다.

다시 아빠가 죽던 5학년 때, 그해 4월로 되돌아간 기분이었다. 모두가 세월호의 침몰로 떠들썩하던 그해 4월. 진서와 내가 함께 겪은, 아빠의 죽음. 아빠의 장례식장에서조차 모두가 세월호 이야기만 하던 소외된 죽음. 바다에 빠져 죽는 것과 2만 볼트 전기에 감전되어 죽는 것 중 어느 게 더 고통스러울까, 감히 그런 걸 비교하며 저울질 하던 사람들. 죽음보다 잔인한. 그리고 진서의 유별난 무표정. 극복할 의지도 없이, 심지어 실컷 누리고 있는 건 아닐까 싶을 정도로 고집스럽게 비틀어진 고통.

아무렇지 않은 척 가식적인 태도.

역겨웠다.

입학 후 어느 날 급식실에서 진서를 마주쳤을 때 나도 모르게 혼잣말이 나왔다.

"아, 시바, 재수 없어."

내가 불쾌한 낯을 드러내자 함께 있던 몇몇 아이들이 영문도 모르면서 동조했다.

"아는 새끼냐? 한 판 붙을까?"

"살짝 깔아 뭉개주자."

"완전 존나 개범생이 같은데?"

누가 먼저랄 것도 없이 아이들은 실수로 팔꿈치를 부딪히는 척하면서 진서의 급식판을 엎어버렸다. 짜릿했다. 그때부터였을 것이다. 내가 본격적으로 진서를 괴롭히기 시작한 것은.

왜 그랬을까. 난 뭘 원했던 걸까. 설명하기 어렵다. 특별한 이유는 없었으니까.

우리는 평범한 아이들이었다. 적어도 눈에 띄게 나쁜 짓을 하거나 결석하거나 폭력적인 문제를 일으켜 상담실로 불려 다니거나 하는 부류는 아니었다. 다만 모여서 가끔 담배를 피우고 피시방에 가는 걸 좋아하고, 그보다 더 가끔 장난삼아 진서를 좀 괴롭힐 뿐이었다. 싱거워지기는 싫었기 때문에 조금씩 강도가 높아지기는 했지만.

"오랜만이다."

어느새 놀이터에 나타난 진서가 옆에 앉으며 건조하게 말했다.

회색 트레이닝복 위에 지퍼를 끝까지 올려 채운 검은색 롱패딩을 입고 흰색 운동화를 신고 있었다. 날도 별로 안 추운데 단정하고 단단한 옷차림이었다. 진서다웠다. 맨발에 검은색 크록스를 신은 내 발을 흘깃 쳐다보는 진서의 시선이 느껴졌다.

"나 때문이냐?"

진서를 만나 차분히 자초지종을 들어보고 사과라도 하고 싶었던 내 마음이 또 배신을 했다. 진서 얼굴을 똑바로 쳐다보지도 않고 미끄럼틀에서 내려오는 꼬마에게 시선을 둔 채 다짜고짜 물은 것이다. 내가 건네고 싶었던 것보다 훨씬 퉁명스러운 말투였다.

"그게 왜 궁금한데?"

진서도 부드러운 말투는 아니었다.

"네가 학교를 그만둘 이유가 딱히 없을 것 같아서."

"잘 아네."

마음속에서 수많은 질문들이 쏟아졌지만 무슨 말부터 해야 할지 막막한 상태가 되어버렸다.

"시바, 장난 하냐? 너 뒤늦게 중2병이야? 내가 뭘 얼마나 괴롭혔다고?"

앞으로 어떻게 할 작정인지 묻고 싶었는데 욕부터 나오고 있었다.

진서를 만나 이야기를 들어보고 나 때문이라는 걸 확인하면 사과부터 하고 학교를 다시 다니라고 설득할 생각이었는데. 나는 또 이렇게 상황을 엉망으로 만들고 있었다. 진서는 아무 말도 하지 않았다.

"네가 학교 그만둔다고 내가 뭐 반성하고 사과라도 할 줄 알았냐?"

나의 입에서 내 마음과 다른 말이 나올 때마다 내 입을 잡아 비틀고 싶었다. 진서는 숨을 크게 들이 마셨다가 내쉬더니 물었다.

"나 왜 불렀냐?"

진서는 알고 있다. 내가 하고 싶은 말은 따로 있으면서 이렇게 어깃장을 놓고 있다는 것을. 내가 사과하고 싶어 한다는 것을. 아니면 사과를 기대하고 나온 걸지도 모른다. 그러니까 헛소리 그만하고 어서 해야 할 말을 하라고.

"새꺄, 복수하고 싶으면 날 불러내서 아구창이라도 날리지 왜 학교를 그만두고 지랄이냐. 네가 학교 그만두면 내가 막 후회하고 죄책감에 괴로워하고 그럴 줄 알았냐? 너같은 진지충이 학교 그만두고 어디 가서 뭘 하려고 막 나가냐? 내가 쑤셔대도 맞짱 한번 못 뜨는 주제에…?"

퍼억!

순식간에 왼쪽 턱으로 주먹이 날아왔다. 잠깐 별이 번쩍 하는 것과 동시에 눈앞이 먹먹해지며 갑자기 나는 바닥에 나뒹굴었다. 잠자코 내 말을 듣던 진서가 내 얼굴을 향해 힘껏 주먹질을 한 것이다.

"그만 깐죽거려라."

진서는 부들부들 떨고 있으면서도 나직하게 말하더니 천천히 돌아서며 걸음을 떼었다.

"이 개새끼가 진짜!"

나는 벌떡 일어나 진서의 멱살을 움켜잡았다. 진서가 자신의 안경을 벗어던지더니 다시 주먹을 날렸다. 이번에는 오른쪽 뺨을 때렸다. 나도 지지 않았다. 우리는 주먹질을 하고 발길질을 하고 욕을 하며 정신없이 뒤엉켜 나뒹굴었다.

놀이터에서 놀던 아이들의 울음소리와 엄마들이 비명처럼 내지르는 소리도 들렸지만 거기에 신경 쓸 겨를이 없었다. 아무 생각도 없이 맞고 때리고 맞고 때리는 동안 나는 이상할 정도로 속이 후련해지고 있었다. 우리가 이렇게 싸워본 적이 있었나. 어린 시절에도 우리는 서로에게 화 한번 내본 적이 없었다.

03
노란 햇살이 비스듬히 내려앉아

느닷없는 일이 벌어졌다.

학교를 그만두고 차분히 학원에서 수능을 준비하겠다는 나의 계획과 달리 나는 학교밖청소년센터에 다니게 되었다. 석현이와 주먹질을 한 사건 때문이었다. 놀이터에 있던 누군가가 신고했고, 우리는 경찰에서 조사를 받았다. 엄마들이 와서 한바탕 난리를 쳤지만, 형사 처벌을 받거나 하지는 않았다. 석현이는 반성문을 쓰고 교내 청소봉사 몇 시간을 하는 것으로 마무리되었다.

문제는 나였다. 내가 자퇴했다는 이유로 경찰에서는 앞으로 내가 폭력전과자가 될 위험성이 있다는 듯이 엄마에게 겁을 주었다. 경찰은 내가 학교에 다니는 동안 딱히 문제를 일으킨 적도 없었고, 상위권은 아니지만 성적도 중간은 갔다는 사실을 듣고 그런 건 중요하지 않다고 잘라 말했다.

"단순 싸움으로 끝나면 다행이지만, 저 나이 때 아이들은 언제 어디로 튈지 알 수 없어요. 남자 애들은 집에 무서운 사람이 없으면 통제가 안 된다구요. 아직 보호가 필요한 나이에 아무 이유도 없다면서 자퇴하는 거 봐요. 요즘 애들은 엄마 혼자 힘으로 감당할 수 있는 수준이 아닙니다. 아버지도 안 계신데, 어머니가 판단 잘 하셔야죠."

설득인지 협박인지 모르겠다. 엄마 눈에서 굵은 눈물이 뚝뚝 떨어졌다.

내 의사와 상관없이 나와 엄마는 센터 상담 선생님과 마주 앉았고, 마치 전학이라도 가듯이 센터에 다니는 걸로 간단히 결론이 나고 말았다. 무엇보다 엄마가 센터를 원했다. 쿨하게 자퇴를 허락할 때와 달리 엄마는 불안하고 초조해 보였다. 억지로라도 연기하듯이 씩씩한 모습만 보이던 엄마가 경찰서에서는 한없이 작아지고 있었다. 저렇게 작아지고 작아져서 끝내 사라져버리는 건 아닐까 싶을 정도였다. 당분간 센터에 다니는 척이라도 해야 엄마가 편안해질 것 같았다.

센터에는 이상한 아이들만 모여 있을 거라는 내 생각은 편견이었다. 자퇴하는 아이들을 죄다 문제아로 보던 경찰의 편견과 다를 바 없다는 생각에 조금 미안하고 부끄러웠다.

센터에 가자마자 제일 처음 한 것은 시간표를 짜는 일이었다. 상담 선생님과 진로적성검사를 하고 내가 원하는 방식에 따라 필수적인 수업과 선택할 수 있는 활동을 결정했다. 나는 독서토론 활동을 선택했는데, 딱히 책이 좋아서라기보다는 악기나 목공 등 다른 것보다 덜 번거롭기 때문이었다.

나는 그럭저럭 센터 생활에 적응했다. 규칙적인 생활이 맘에 들었다. 매주 목요일이면 책쌤을 만나는 일도 좋았다. 급식을 먹은 후 책쌤은 센터 아이들을 이끌고 동네 서점으로 데려갔다. 아파트가 즐비한 신도시를 빼고는 이 도시 어디에서나 흔히 볼 수 있는 오래된 흔적이 역력한 동네였다. 한때는 번듯한 주택가였겠지만 담벼락의 페인트는 벗겨지고 대문은 잔뜩 녹슬어 골목 자체가 옛날 영화를 찍는 세트장처럼 보일 정도였다. 서점은 이런 집들이 다닥다닥 붙은 좁다란 골목 중간에 있는 단층 주택이었다. 간판이라도 없었으면 그냥 지나칠 정도로 눈에 띄는 점이라고는 하나도 없었다. 주방용 도마처럼 생긴 노란색 나무판에 구불구불한 손글씨로 '책방 곡비'라고 써 있었다. 곡비? 아이들은 고개를 갸웃거리며 책방 안으로 들어갔다.

겉보기와 달리 실내는 꽤 아늑했다. 서점이라고 하기에는 워낙 작아서 누군가의 개인 서재처럼 보였다. 책쌤과 아이들 네 명이 들어간 정도로도 발 디딜 곳 없이 꽉 찼다. 이렇게 작으니 서점보다 간판에 써 있는 것처럼 책방이라는 말이 더 어울리는 곳이었다.

참고서를 사러 주로 다니던 학교 앞 명문서점과는 완전히 딴판이었다. 벽을 둘러싸고 빼곡히 책들이 꽂혀 있는 건 마찬가지였지만, 전부 책의 표지가 보이도록 진열되어 있었다. 책을 판매하는 곳이 아니라 전시하고 있는 곳 같아 보였다. 조명은 오렌지 빛에 가까운데다 은은한 음악까지 흐르고 있어 책방이라기보다 카페라고 해야 더 어울리는 곳이었다.

"앞으로 일주일에 한 번씩 독서 수업 여기서 할 거야."

"앗싸!"

아이들은 책쌤을 좋아했다. 아무리 물어봐도 절대로 나이를 말해주지 않아 잘 모르겠지만 얼굴만 봐서는 거의 할머니에 가깝다. 머리는 군인보다도 짧은 완전 반삭에다 양쪽 귓불에는 늘 달랑거리는 커다란 귀걸이가 달려 있다. 게다가 빨간 립스틱까지 바르고 다니기 때문에 나이를 짐작하기가 어렵다. 쩌렁쩌렁한 목소리는 또 어찌나 허스키한지!

책쌤은 일주일에 한 번씩 센터에 와서 독서 수업을 한다. 힘들게 책을 읽고 느낀 점을 서로 이야기하고 독후감을 쓰는 건 줄 알았는데 그게 아니었다. 책쌤은 완전 이야기 할머니였다. 책쌤이 읽은 책 이야기를 너무너무 궁금하고 재미있게 해주는 바람에, 결국 수업 후 아이들은 그 책을 구해 읽을 수밖에 없게 되어버린다. 우리가 독서 수업에서 하는 거라고는 그저 가만히 쌤의 책 이야기를 듣는 것밖에 없다.

"오늘은 30분 동안 책들 구경하고 읽고 싶은 거 한 권씩 골라."

"아! 읽고 싶은 거 없는데!"

"쌤이 쏘시는 거예요?"

"도서구입비 예산이 있어."

"두 권 사면 안 돼요?"

"독후감 받을 거야!"

"으아악~~~난 안 고를래."

아이들은 흩어져 책들을 구경하기 시작했다. 아이들이 각자 책 고르기에 열중하기 시작하자 책쌤은 빙그레 웃으며 책방 아저씨에게 말을 붙였다.

"잘 되시죠?"

"네, 생각보다는요. 망할지도 모른다고 생각하고 시작한 건데요."

"선한 의도에서 하시는 거니까 점점 잘 될 거예요."

반듯한 이목구비에 머리는 묶어도 될 정도로 기른 책방 아저씨는 젊은 예술가처럼 보였다. 기타나 드럼 같은 악기를 연주하거나 그림을 그리는 대학생이 아닐까 생각했다. 예술가라고 하기에는 무척 예의 바른 태도였다. 예술가들이 예의 없는 사람이라고 생각해본 적은 없지만, 지나치게 깍듯했기 때문이다. 우리가 책방 안으로 들어서는 순간에도 90도로 허리를 깊이 숙여 인사하더니, 책쌤과 대화를 주고받는 동안에는 훈련받는 군인처럼 뒷짐을 지고 반듯하게 서 있었다. 책쌤이 좀 이상한 마녀같이 보여서일 수도 있지만, 그래도 계속 웃고 있는 걸로 보아 긴장한 건 아닌 것 같았다.

책방 한쪽 벽에는 여러 가지 포스터와 그림엽서, 캘리그라피 작품들이 아기자기하게 붙어 있었다. 책을 고르던 나는 벽에 붙은 노란 포스터를 발견했다.

〈세월호 기억 행동 콘텐츠 창작〉

세월호는 아직도 진상규명이 되지 않은 채 목포신항에 덩그러니 놓여 있습니다. 참사 희생자와 유족들을 기억하고 위로하기 위해 우리가 할 수 있는 게 뭘까 함께 고민하면 좋겠습니다.

유튜브, 독립출판, 게임, 웹툰, 뉴스레터, 팟캐스트 등 무엇이든 좋습니다. 콘텐츠 창작에 참여하실 분들을 기다립니다. 함께 해요! 궁금한 점은 책방청년에게 문의하세요!

신청: 1월 31일까지
인원: 5명 선착순 마감
혜택: 완성하면 문화상품권 20만 원을 드립니다
활용: 세월호를 위한 출판, 전시, 교육, 홍보가 필요한 곳에 기증합니다

"아, 또 세월호야? 지겨워! 노란색도 개싫어!"

노란 포스터를 보고 있는데 다형이가 옆에서 짜증스럽게 혼 잣말을 했다. 노랗게 염색한 긴 머리를 쓸어 넘기며 립스틱을 발라 도드라지게 발그스름한 입술을 삐죽거렸다.

나는 세월호 사건 희생자들을 위해 내가 뭔가를 해야 한다는 생각을 해본 적이 한 번도 없었다. 내가 살고 있는 이 도시에 녹슨 세월호가 엄연히 놓여있는데도 불구하고 관심도 없었고 지겹지도 않았다. 무엇보다 세월호 이야기가 나올 때마다 아빠가 보고 싶어 미칠 지경이었기 때문에 세월호에 대해 생각할 만한 마음의 여유가 없었다.

나 역시 노란색에는 과민한 반응이 일어나곤 했는데, 다형이와 반대로 내가 좋아하는 색이었기 때문이다. 아빠가 늘 가지고 다니던 공구가방이 되게 멋스런 노란색이었다. 나는 그걸 열어 그 안에 든 각종 공구들을 구경하며 만지작거리는 게 너무 재미 있었다. 그런데 다형이는 저 노란 포스터에 왜 이렇게까지 신경 질적인 반응을 보이는 걸까.

"왜? 뭐가 지겨운데?"

내가 물었다.

다형이가 나를 잠깐 쏘아보더니 다시 되물었다.

"넌 왜 안 지겨운데?"

"난 안 지겹다고 한 적 없는데?"

"다형이 안산에서 살다 왔거든."

어느새 예림이가 끼어들었다.

"안산? 근데?"

나는 여전히 이해되지 않아 다시 물었다.

"너 어디 외국 갔다 왔냐? 안산이 세월호잖아."

예림이가 답답하다는 듯이 다형이 눈치를 봐가며 말했다.

"됐어. 이미 끝난 일이야. 우리가 뭘 어떻게 하겠어? 뭔가를 하고 싶기는커녕, 난 이제 좀 그만 벗어나고 싶어."

다형이가 예림이 말을 자르더니 한숨을 쉬며 이어 말했다.

"벌써 몇 년째 안산은 어딜 가나 세월호 그 자체야. 굳이 '잊지 않겠습니다' 다짐하며 노란 리본을 달지 않아도 잊을래야 잊을 수 없는 환경이야. 아니지, 제발 잊고 싶은 환경이지."

"아, 그래서 이사 왔구나."

나는 딱히 뭐라 할 말이 없었기에 좔좔 말하고 있는 다형이를 그저 물끄러미 바라보며 고개를 끄덕였다. 다형이는 또다시 한심하다는 투로 내 말을 받았다.

"야, 아니거든. 우리 아빠 발령 나서 온 거거든."

아, 우리 아빠. 다형이는 아빠가 있구나. 그렇지 누구나 아빠가 있는 거지. 아직도 누군가 '아빠'라는 말을 꺼내면 나는 아무렇지도 않은 표정을 짓느라 허둥거리곤 한다. 다른 곳을 쳐다보기도 하고, 엉뚱한 말을 꺼내기도 하고, 갑자기 뭔가 생각난 듯 그 자리를 뜨기도 한다. 이번에는 노란 포스터를 집중해서 읽는 척하기 시작했다.

"처음에는 안산에서 목포로 전학을 한다는 사실이 끔찍했어. 친구들과 이별 파티를 할 때는 너무 울어서 떡볶이는 먹지도 못한 채 다 불어 터질 정도였으니까. 발령이 난 건 아빠인데 왜 가족이 전부 이사를 가냐고 항변해도 소용없더라구. 엄마 아빠는 그저 철없는 사춘기의 반항 정도로 생각하고 개무시하잖아. 나 진짜 죽고 싶은 심정이었는데. 이사와 전학 때문에 죽을 수 없는 일이지만. 그나마 안산을 떠나서 좋은 점은 세월호의 악몽에서 벗어날 수 있다는 거였는데, 으, 지겨워, 어딜 가도 벗어날 수가 없네."

다형이는 수다쟁이였다. 나는 여전히 눈은 노란 포스터에 둔 채 멍하니 듣고만 서 있었다. 그때 누군가 소란하게 외쳤다.

"오~ 20만 원! 20만 원! 나 이거 할래!"

김시훈이었다.

"유튜브 하고 싶어도 할 게 없었는데 이거 해야겠다. 세월호!"

예림이가 책을 고르다 말고 다시 포스터 앞으로 와서 물었다.

"너 이거 할 거야?"

"유튜브도 된대. 오~ 웹툰 콜! 아냐, 게임 만들까?"

김시훈이 혼자 북 치고 장구 치며 요란을 떨었다. 다형이는 그런 김시훈 역시 한심해 죽겠다는 표정으로 바라보았다.

"야, 김시훈. 너 지금 죽은 사람들 갖고 돈이나 밝히냐? 게임은 좀 심하잖아?"

"게임이 뭐가 어때서? 저기 포스터에 게임도 된다고 써 있잖아!"

김시훈의 말을 듣고 포스터를 다시 보니 게임이 써 있긴 했다.

"세월호 때문에 축 처진 안산의 분위기는 싫었지만, 그렇다고 내가 세월호 문제를 너처럼 생각하는 건 결코 아니거든! 아무리 철이 없어도 그렇지 어떻게 세월호를 가지고 게임을 만든다는 발상을 할 수 있는지 한심하다 못해 화가 난다 화가 나!"

싸움이 번지나 싶어 나는 한숨이 절로 나왔다.

"정다형, 너야말로 안산에서 왔다고 너무 예민한 거 아니야? 네가 뭐 유가족이라도 되냐?"

김시훈이 따지고 들었다.

"예민? 나보고 예민하다구? 야, 이러니까 진상규명이고 뭐고 안 되는 거야. 안산은 동네 전체가 몇 년째 초상집이야! 전부 희생자들이고 유가족들이라구. 친구의 친구에, 친구의 오빠 언니, 오빠 언니의 친구, 엄마 친구 아들 딸, 선생님, 친구들, 할 것 없이 전부 유가족이라고. 그래, 그러니까 나도 유가족이다, 왜 어쩔래?"

다형이가 화를 내며 속사포로 쏘아대자 김시훈은 주춤했다.

"그래, 그래, 알았어. 너도 유가족이라고 치자. 근데 게임도 된다고 저기 써 있잖아. 무섭게시리 왜 화를 내고 그러냐."

그토록 세월호가 지겨웠다면서 난데없이 세월호 유가족을 자처하며 핏대를 세우는 다형이를 나는 이해할 수 없었다. 뭔가 규칙에 크게 어긋나는 느낌이랄까.

"세월호 지겹다며?"

"몇 년째 제자리니까 그렇지! 진상규명을 내가 나서서 할 수 있다면 벌써 다 해결했을 텐데. 아휴, 답답해. 책임자를 처벌할 수 있는 권한이 있다면 그렇게도 하고 싶고. 할 수 있는 게 아무것도 없으면서 계속 고통에 동참하고 있어야 하는 무기력한 상황이 지겨운 거야, 나는. 아휴, 세월호랑 아무 상관없는 너희들이 뭘 알겠니? 이건 가족 중 누군가가 죽어봐야만 알 수 있는 일이야."

다형이의 말에 몇몇 아이들이 멈칫하며 나를 쳐다봤다.

가족 중 누군가가 죽어봐야만 알 수 있는 일. 나는 모른다.

다만, 그 말은 순식간에 내 귀를 깊숙이 찌른 후 온몸을 헤집고 다녔다.

똑같은 죽음은 없다. 세월호 참사로 죽은 사람들과 우리 아빠의 죽음은 다르다. 같은 날 같은 장소에서 같은 사고로 동시에 죽은 우리 아빠와 석현이의 아빠도 결국 다른 종류의 죽음이 되었다. 나의 슬픔과 석현이의 슬픔도 다르다. 서로를 이해하지 못한다.

세월호에 대해서 나는 아무것도 모른다. 자식이 죽은 게 어떤 슬픔인지 나는 모른다. 죽음은 같지 않다. 아빠가 죽은 후 나는 답도 없는 복잡한 생각에 사로잡힐 때가 많았다. 자꾸만 생겨나는 생각은 버려도 버려도 쓰레기처럼 쌓였다.

가족 중의 누군가가 죽어봐야만 알 수 있는 일, 이라는 다형이의 말이야말로 죽음을 겪어보지 않았기에 할 수 있는 말이다. 똑같은 교복을 입고도 저마다의 삶이 다 다른 것처럼 똑같은 사고로 죽었어도 저마다의 죽음은 다 다르다.

"나는 그 기분 알 것 같애."

예림이가 뭔가 깊이 생각하는 듯한 표정으로 비장하게 말했다.

"초등학교 5학년 때, 세월호가 바다 속으로 침몰하는 것을 텔레비전 뉴스로 보면서 얼마나 울었는지 몰라. 무서웠어. 이 다음에 고등학생이 되어 수학여행을 가다가 저렇게 바다에 빠져 죽는다면 어떨지 상상만 해도 눈물이 줄줄 나왔어. 저절로 자꾸만 상상이 된 거지. 엄마랑 아빠가 얼마나 슬퍼할까. 나는 꼴깍꼴깍 물을 먹으며 계속 허우적거리겠지. 그러다 정신을 잃는 거겠지. 유치원 다닐 때 목욕탕에서 장난을 치다가 미끄러지며 물속으로 빠졌던 생각도 났어. 귀가 꽉 막히며 정신이 아득해졌거든."

예림이가 진저리를 쳐가며 말을 이었다.

"그 어마어마한 공포는 잊을 수 없어. 몇 초밖에 안 되는 아주 짧은 순간이었지만 순간적으로 혼자라는 느낌 때문에 너무 무서웠어. 세월호 때문에 죽음에 대해 자주 생각하게 되었는데, 너무 외로운 기분이라 눈물 나. 죽은 사람도 외롭고, 남겨진 사람도 외롭고."

예림이는 눈물을 글썽거렸다.

"세월호 사건이 터지던 날 나도 기억 나. 학교에 있었는데 선생님들이 구하겠지, 찾아내겠지, 다 건져올릴 거야. 그렇게 말했어. 근데 못 구했잖아. 하루 종일 얼마나 어수선했는데."

시훈이도 말을 보탰다.

"그때 안산은 일년 내내 곡소리가 끊이질 않았어. 나랑 친구들은 길에서 장난도 못 치고 죄 지은 애들처럼 조용히 다녀야 했다니까. 맘대로 웃고 떠들지도 못했다구. 그래도 그게 며칠, 잠깐만 그러면 되는 줄 알지. 그때 내가 열두 살이었는데 열여덟 살이 되도록 이러고 있을 줄이야! 아휴, 지겨워."

"아, 끔찍해, 저 언니 오빠들 딱 우리 나이였어. 우리처럼 열여덟."

예림이가 울먹이며 치를 떨었다.

벌써 6년이 다 되가는데 아무것도 달라진 것이 없다는 것도 나는 모르고 있었다. 1주기였나, 어느 해였는지 모르겠지만 곳곳에 노란 리본이 달렸고, 바람이 사납게 부는 4월 어느 날, 나 역시 누군가가 학교로 가져와 나눠준 노란 리본 하나를 가방 지퍼고리에 달며 조그맣게 중얼거려본 적도 있었다.

'잊지 않겠습니다'.

하지만 나는 뭐를 잊지 않겠다는 건지 제대로 헤아릴 수 없었다. 세월호 이야기만 나오면 아빠 생각에 사로잡혀 아무 말도 귀에 들어오지 않았다. 그저 학교에서 남들 하는 대로 아무 관심 없이 리본을 달고, 잊지 않겠다고 포스트잇에 써붙였다. 그건 아무 생각 없이도 할 수 있는 일. 너무나도 간단한 일이었다. 그 간단한 '잊지 않겠습니다'를 벌써 몇 년째 반복하게 되리라고는 상상도 하지 못했다.

열여덟. 이제야 아이들이 주거니 받거니 하는 말들이 귀에 들어온다. 세월호에 탔던 사람들이 지금 내 나이에 바다 속으로 가라앉아 죽었다는 사실을 떠올려 보고 있다. 온몸에 소름이 돋았다. 초등학교 때 뉴스를 보며 무섭고 슬펐던 것과는 전혀 다른 공포. 전기에 감전돼서 죽는 순간의 아빠를 상상하는 것과도 다른 두려움.

그런 식으로 나의 죽음을 상상하자 몸이 떨렸다. 아빠가 보고 싶을 때마다 나도 죽었으면 좋겠다고 생각한 적이 있다. 그러면 아빠를 만나겠지. 어떻게 죽는 게 좋을까. 그러나 아빠를 만나려면 엄마를 버려야 했다. 당연히 그건 말도 안 되는 일이다. 죽는 방법에 대해 구체적으로 생각을 밀고 나가기 전에 나는 엄마의 눈물부터 서둘러 삼켜버리곤 했다.

다형이는 포스터를 몇 번이나 읽고 또 읽었다. 지겹다면서 포스터 앞을 떠나지 못하고 있었다.

"아무래도 뭔가 해야겠지?"

예림이가 물었다.

"아니, 그런 거 아냐. 안산에 사는 동안 이미 세월호를 위해 많은 것을 했어. 거리를 오가며 수도 없이 서명했고, 해마다 4월 16일이면 단체로 조문도 갔고. 풍선 만들기, 그림엽서 그리기, 케이크 만들기, 합창하기 등 학교의 각종 활동에는 언제나 '세월호 희생자와 유가족을 위한' 이라는 전제가 깔려 있었으니까. 그러나 그게 다 무슨 소용인가 싶더라. 아무것도 밝혀진 것은 없고, 누구도 책임자로서 처벌받지 않았잖아. 괜히 피로감만 쌓여갔지."

다형이가 흥분하며 테이블 쪽으로 자리를 옮겼다.

"그래도 희생자와 유가족들을 위해 뭔가 나도 하나쯤 했다는 자기 위안이랄까, 체면이랄까, 그런 것도 있지 않아? 여기 목포에는 세월호도 놓여 있고 하니까 뭐라도 하고 나면 좀 마음이 뿌듯해질 텐데."

"글세… 뭔가 뿌듯하고 우쭐한 느낌도 있었는데 잠깐 뿐이야. 내 기분이 중요한 건 아니니까. 목포에 세월호는 있어도 유가족은 없어서 그럴 거야. 유가족 대하기가 너무 괴로웠어. 입으로는 유가족을 위로한다고 하면서도 동네에서 유가족을 우연히 마주치면 먼저 눈을 피하기 일쑤였는 걸 뭐. 이유는 나도 모르겠다.

그냥 아는 척하면 안 될 것 같았어. 잘못한 것도 없는데 막 엄청 죄책감이 느껴지고. 친구들하고 웃고 떠들다가도 아차 싶어서 얼음 땡 되고 그랬어."

다형이 말을 듣고 있자니 세월호를 위해 뭘 한다는 게 무슨 의미가 있나 하는 생각이 들었다.

포스터에 붙어 있는 콘텐츠 창작이 결국 예림이 말대로 자기 위안이나 체면치레 같은 거라면 더더욱 안 하는 게 낫겠다 싶었다.

"너 이거 하려구?"

내가 포스터를 바라보며 한참 동안 멍하니 서 있자 시훈이가 와서 다그치듯 물었다.

"아니, 그냥 읽어보는 거야. 근데 모집 기간 끝났네. 지금 2월이잖아."

"아! 아깝다. 난 진짜 20만 원 필요했는데."

"야, 돈 좀 그만 밝혀라. 이런 건 순수한 마음으로 해야지."

이번에는 예림이가 시훈이에게 면박을 주더니 다짜고짜 아저씨를 향했다.

"아저씨, 이거 끝난 거예요? 지금은 신청할 수 없어요?"

책방 아저씨는 활짝 웃으며 바로 반색을 했다. 포스터에 책방 청년이라고 써 있기도 하고 딱 봐도 대학생처럼 보였지만 웃으니까 눈가에 주름이 자글하다. 아저씨는 양손으로 엄지척을 과장되게 해보이며 대답했다.

"와! 1등, 1등! 아직 아무도 신청 안 했어요. 생각보다 사람들이 상금에 눈이 어둡지 않나 봐요. 하하."

"헐! 그럼 우리가 다 같이 하자."

나는 하겠다고 결정도 하지 않았는데 예림이가 너무 앞서 나가는 것 같아 얼른 끼어들며 말했다.

"그보다… 아무래도 세월호 이야기를 한다는 게 좀…"

신중한 태도로 말하려 했지만 내가 듣기에도 꽤 냉소적인 말투인 것 같아 말끝이 흐려졌다.

"그쵸? 절대 쉬운 일은 아니죠."

책방 아저씨가 얼굴에 가득했던 웃음기를 살짝 거두며 말했다.

"근데, 진짜 여기 있는 거 아무거나 해도 되는 거예요?"

예림이가 또다시 밀어붙이고 있었다.

"그럼요! 거기 없는 것도 좋아요. 좋은 아이디어 있으면 하세요."

"아, 뭐 하지? 뭔가 하고는 싶은데요, 아무거나 다 된다니까 오히려 뭘 하는 게 좋을지 모르겠어요."

"뭐 하고 놀 때가 제일 재밌어요? 창작은 원래 놀이 같은 거잖아요."

"놀이요? 그런가? 근데, 세월호를 가지고 논다는 거는 좀…… 그렇지 않아요?"

비눗방울처럼 퐁퐁 들떠 있던 예림이도 '놀이' 라는 말에는 살짝 당황한 것 같았다.

"아, 세월호를 가지고 노는 게 아니라 콘텐츠를 가지고 노는 건데?"

"네? 무슨 말인지 잘 모르겠어요."

"사람들이 그림 그리고 춤추고 노래하고 그런 게 다 노는 거잖아요. 그렇지만 놀이라고 해서 마냥 즐거운 것만 다루는 건 아니죠. 사랑도 노래하지만 이별도 노래하잖아요? 행복도 이야기하지만 고통이나 슬픔도 이야기해요. 세월호는 분명히 슬픈 사건이지만 유가족들이 합창단을 만들어서 노래도 부르고, 연극반을 조직해서 자신들의 이야기를 무대에 올리기도 하잖아요."

"아…그런 거요…"

"그게 다 노는 거예요. 노는 거 나쁜 거 아니에요. 굉장히 창조적인 거고 엄청난 에너지가 있어요. 위로가 되지요. 치유도 되고. 창의력과 상상력도 좋아져요. 어? 말이 점점 학습 삘로 가는데! 암튼 그러니까 공부도 놀이처럼 하게 하려고 어른들이 엄청 머리 굴리죠. 아이들은 금방 눈치채서 재미없어 하지만요. 하하."

"맞아요. 놀이처럼 속여서 공부시키는 거 진짜 별루야. 으으 싫어!"

예림이가 진저리를 치며 맞장구쳤다.

"그럼요! 그냥 놀아야죠. 인간은 노는 존재에요. 호모 루덴스! 하하."

책방 아저씨는 말끝마다 하하 하며 어깨를 들썩여 웃었다. 일부러 웃는 것처럼 보였다.

"근데요, 아저씨……저희한테 왜 계속 존댓말 하세요?"

"존댓말 불편해요?"

"네? 아, 그건 아니구요. 어른들은 우리한테 보통 다 반말 하잖아요."

"존댓말이 공평하잖아요. 제가 어르신들한테 반말을 할 수는 없으니까 모두에게 무조건 존댓말을 하는 게 편하더라구요."

나는 책방 아저씨와 예림이가 주고받는 말들을 가만히 듣고만 있었다. 머릿속이 복잡했다. 조금 전까지도 안 할 생각이었는데 어느새 콘텐츠 창작 활동을 할까 말까 갈등하고 있었다. 다 소용없는 일이야, 시간 관리 잘 해서 대학 갈 생각이나 하자, 싶다가도 이상하게 자꾸 신경이 쓰였다. 물론 시훈이처럼 티는 안 냈지만 상금 20만 원에 욕심이 생기는 것도 사실이었다.

"자, 책들 다 골랐으면 이제 가자!"

아이들은 자기가 고른 책을 카운터 위에 올려놓기 시작했다. 나도 부랴부랴 아무 책이나 집어 들어 포개놨다.

나는 해경입니다.

미안합니다.

구조하지 못했습니다.

미안합니다.

지시받은 자로서 미안합니다.

지시받지 않은 자로서 미안합니다.

국가가 국민을 구조하지 않았습니다.

미안합니다.

내가 그 순간 국가임을 몰랐습니다.

-어느 해경의 고백

책쌤이 계산하는 동안 나는 카운터 옆의 벽에 붙어 있는 엽서를 발견했다. 누군가가 손글씨로 직접 써서 붙여 놓은 거였다. 책방을 나와서 우르르 다시 센터로 향하는 동안 나는 몇 번이나 책방을 돌아다보았다. 노란 햇살이 비스듬히 내려앉아 책방 골목을 구석구석 어루만지는 가운데 치즈 고양이 한 마리가 얼룩덜룩한 털을 천천히 핥고 있었다.

04
어디선가 달콤한 꽃향기가

진서와의 싸움으로 학교봉사명령 3일을 받았다. 쌍방 폭행이었다는 점, 서로가 원만히 화해했다는 점 등의 이유였다. 학교봉사 그 까짓것 아무것도 아니었다. 아침에 한 시간 일찍 학교에 가서 급식실 청소하고, 방과 후에는 쓰레기 분리 수거를 하면 그만이다. 학교에서는 내가 봉사명령을 받은 것에 대해 아무도 관심이 없었다. 세상이 갑자기 코로나로 발칵 뒤집혀버렸다. 선생님들도 아이들도 온통 관심은 학교에 가느냐 마느냐 하는 문제로 촉각을 곤두세웠다. 학교에 가는 날보다 안 가는 날이 더 많아지는 와중에 어영부영 2학년이 되었지만 개학이 마냥 연기되었다. 누가 우리 반인지 아닌지 알 수도 없었다.

학교에 안 가는 날이라고 딱히 좋은 것도 아니었다. 선생님들이 오락실, 노래방, 피시방, 영화관 등을 찾아다니며 단속하는 바람에 집 안에 그냥 처박혀 휴대폰 게임이나 하고 있을 수밖에 없었다. 집에서 하는 게임은 답답해서 짜증이 났다. 1학년 때 몰

려 다니던 애들이 하나둘 카톡을 보내오기 시작했지만 반갑지
않았다.

  -모 하냐?
  -걍 있어.
  -엑스피시 가자
  -잘 거야

  진서가 학교를 그만두고 아파트 놀이터에서 한바탕 붙은 이
후 이상하게 더 이상 애들하고 어울리는 게 흥미가 없어졌다. 분
명히 입술이 터져 피가 흐르고 팔다리에 멍이 들도록 엉겨 붙어
싸웠는데 나는 속이 시원했다. 심지어 오랫동안 불편했던 진서
와 화해를 한 기분마저 들었다. 물론 경찰서에서 어른들이 시키
니까 억지로 화해를 한 건 맞지만, 그건 화해라고 할 수 없다. 우
리의 화해는 놀이터에서 엉겨 붙어 싸우던 순간에 있었다.
  나는 진서에게 처음 뺨을 맞았을 때 이미 뭔가 뻥 뚫리는 기분
이 되어 있었다. 어쩌면 내가 아이들을 동원해서 진서를 자꾸 괴
롭혔던 건 그렇게 해서라도 진서와 연결되고 싶었던 걸지도 모
른다. 초등학교 5학년 때 이후로, 처음 우리는 뜻이 맞았다. 비록
싸움으로 하나 된 우리였지만, 난 그거라도 좋았다. 시바, 나 진
서 새끼를 아직도 존나 좋아하는구나, 개싫다. 아닐지도. 어린 시

절의 우정과 맹세를 중요시여기는 의리 있는 남자일지도. 흠흠.

"우리 영원하자."

"당연하지."

초등학교 2학년인가 3학년 때 내 생일이었을 것이다. 둘이서만 붙어 논다고 엄마가 친구 골고루 사귀라며 우리 반 애들을 열 명 가깝게 집으로 초대한 적이 있었다. 진서는 다른 반이라 아이들과 잘 어울리지 못했고, 나는 어린 마음에도 진서가 소외감을 느끼는 것을 알아채고 챙기다보니 결국 둘이만 놀게 되었다.

그날 나는 내가 진서에게 굉장히 좋은 친구라는 생각을 했다. 앞으로도 영원히 진서에게 좋은 친구가 되어 주어야겠다고 굳은 결심을 하기도 했는데, 나 스스로 무척 멋있게 느껴지던 순간이었다. 아마 그즈음 나는 친구라든지 우정이라든지 의리라든지 하는 것들에 눈을 뜨며 열광했던 것 같다. 지금 같았으면 오글거렸을 맹세를 하고도 뿌듯해서 마음이 환해졌던 기억이 선명하다.

모자와 마스크를 챙겨 무작정 밖으로 나왔다.

애들하고 어울리는 것도 시시하고 귀찮아 잠이나 자려 했던 마음이 싹 달아나 버렸다. 혼자 어슬렁거리며 바닷바람을 쐬는 것도 괜찮을 것 같았다. 거리는 텅 비어 있다시피 했다. 평소였다면 아직 학교에 있을 오후였다. 운동장에서 땀 뻘뻘 흘리며 축구나 한 판 뛰면 딱 좋을 날씨였다. 피시방이나 오락실에 들어가고 싶은 마음을 겨우 참으며 걷는데 골목 입구에 노란색 입간판 하나가 눈에 띄었다.

-영화 무료 상영, 5명 제한-

오, 딱 좋은데? 코로나 때문에 극장에도 못 가는데.

입간판에 있는 화살표를 따라 골목으로 얼른 들어갔다. 누군가 길바닥에 붙여놓은 노란색 종이 화살표를 따라가니 구붓한 주택가 골목으로 이어졌다. 화살표가 끝나는 곳에는 '책방 곡비'라는 간판이 달려 있었다.

나무로 된 미닫이문을 드르르륵 열고 들어갔다. 북카페처럼 생긴 곳인데 좀 많이 낡아 있었고 사람은 보이지 않았다.

"계세요?"

책이 진열된 모서리 구석에 작은 일인용 소파가 하나 놓여 있었는데, 어떤 남자가 곤히 자고 있었다. 책방 주인인 것 같았다. 나는 그 사람이 깰까 봐 최대한 조심하며 책방 안을 살금살금 둘러보았다. 가운데에 테이블 하나가 놓여 있고 사방 벽에는 책이 진열되어 있었다. 잔잔한 재즈풍의 음악이 흐르고 있었지만 그렇다고 장사하는 곳인지 아닌지 분명치가 않았다. 영화를 상영하는 곳 같지도 않았다. 아무래도 잘못 찾아왔다는 생각이 들어 나가려고 다시 조심조심 문을 열었다. 아까 들어올 때보다 살살 천천히 드르르르르르륵.

"어? 안녕하세요? 아이쿠, 제가 깜빡 잠들었었네요."

등 뒤에서 남자 목소리가 열던 문을 멈췄다.

"죄송해요. 저 땜에 깨셨네요. 저…영화… 무료라고 해서…"

책방 분위기에 압도된 건지, 남자의 잠을 깨우게 돼서인지, 공짜 영화를 보러 와서인지, 아무튼 나는 저절로 두 손을 모으고 평소보다 훨씬 공손하게 말하고 있었다. 남자는 어느새 일어나서 출입문 쪽으로 다가왔다.

"아하, 영화 보러 오셨구나? 그거 이따 6시부턴데요."

"아… 그럼 6시에 다시 오겠습니다."

"그러실래요?"

"네, 안녕히 계…"

"이제 두 시간도 채 안 남았는데, 여기서 책 구경하고 놀다가 보셔도 돼요."

남자는 벽에 있는 시계를 보더니 선뜻 말했다. 남자의 시선을 따라 나도 시계를 보았다. 고물상에서도 찾기 어려울 것처럼 오래돼 보이는 짙은 고동색 벽시계가 4시 조금 넘은 시각을 가리키고 있었다. 시곗바늘 아래에 달린 커다란 추가 좌우로 움직이고 있지 않았다면 고장 난 시계로 보였을 것이다. 시간 때문이 아니라 시계가 신기해 멈칫거리고 있는데, 남자가 이번에는 아예 강요라도 하듯이 말했다.

"괜찮아요. 여기는 얼마든지 편하게 있어도 되는 곳이에요. 책도 읽고 음악도 듣고요. 이 음악 좋아하죠?"

남자가 음악을 바꾸었다. 방탄소년단의 〈화양연화〉가 흘러나왔다. 나는 그 앨범의 전곡이 끝날 때까지 있고 싶어졌다. 음악은 사람을 그 자리에 멈추어버리게 하는 절대적인 힘이 있는 게 분명하다. 혼자 있을 때는 4050 세대가 좋아하는 옛날 곡들을 주로 듣는다. 음악만큼은 아빠 취향이라 어쩔 수 없다.

"네, 감사합니다."

책 따위에는 전혀 관심이 없지만 나는 음악을 들으며 책을 둘러보고 있을 수밖에 없었다. 아무리 둘러봐도 책은 궁금하지 않았다. 그렇지만 이 공간은 뭔가 사람을 압도하는 데가 있었다. 압도한다고 해서 불편한 것은 아니었다. 불편하기는커녕 묘한 편안함으로 인해 굴복되는 기분이었다.

"커피 마실래요?"

"아, 예, 주시면 감사히 마실게요."

어른들이 학생들을 대할 때는 '음, 너 아직 어린 학생이지' 하는 태도가 저절로 배어나오기 마련인데, 남자는 그런 걸 전혀 상관하지 않는 듯했다. 사실은 커피가 맛있다고 느껴지지 않아서 별로 좋아하지 않지만 거절하기가 좀 미안했다. 남자는 내가 책에 별로 관심이 없다는 걸 알아차렸는지, 커피를 테이블에 올려놓고 의자를 끌어다 앉았다. 나는 약간 어색한 느낌이 불편해 슬쩍 질문을 던졌다.

"그런데 죄송하지만 여기는 원래 뭐하는 곳이에요?"

"하하! 여기 뭐하는 곳인지 좀 이상하죠?"

"아니, 이상하다기보다, 책방이라고 써 있는데 서점과는 좀 다른 것 같고요, 영화도 상영한다고 하지만 극장은 아니고…"

"책 파는 서점 맞아요. 너무 작으니까 책방이라는 말이 더 어울리는 것 같아요."

"아, 그럼 사장님이세요?"

나는 어색하지만 공손하게 남자를 향해 손을 펴 가리키며 물었다.

"네."

"아,예. 그런데 영화는…왜…"

"무료로 상영하느냐고요? 그냥 관심사가 비슷한 사람들끼리 같이 보면 좋잖아요. 근데 오늘 영화 상영에 다른 신청자가 한 명도 없네요. 하하."

"헙!"

나는 약간 황당했는데 커피가 기도로 넘어간 듯 켁켁거리다 겨우 진정하고 물었다.

"그럼 저 혼자 보는 거예요?"

"6시까지 아무도 안 오면 저랑 둘이겠죠."

"홍보가 잘 안 됐나 봐요? 아니면 코로나 때문이거나."

"뭐 여러 가지 이유가 있겠지만, 사람들이 세월호 문제에 관심 갖는 걸 좀 부담스러워 하는 것 같아요."

"헙!"

또 목에 사레가 들릴 뻔했다.

"세월호요?"

"네."

"그럼 오늘 무료 상영 영화가 세월호 영화에요?"

"네. 모르고 오셨나 봐요?"

"아…네…그냥 지나가다 갑자기 영화 상영이라고 써 있는 걸 봐가지고…"

"음…오늘 좀 마음이 힘든 날인가봐요?"

"에? 왜요?"

특별히 숨기고 있는 것도 없었는데 뭔가 들킨 것만 같아 얼떨결에 되물었다.

"아무리 무료 상영이어도 보통 영화를 보려고 하는 사람들은 무슨 영화인지가 중요하죠. 관심 없는 영화를 보며 지루한 시간을 보내고 싶지 않으니까요. 그냥 갑자기 지나가다 영화 상영이라니까 들어왔다는 건 그런 거예요. 잠시 마음을 어디 다른 곳에 두고 싶다. 그런 거죠."

와~! 형인지 아저씨인지 모를 이 아저씨 뭐지? 점쟁이인가? 나는 무료라서 왔음을 들키지 않으려고 갑자기 들어온 것임을 주섬주섬 강조하기 바빴을 뿐인데.

　나는 내가 무슨 영화인지 확인도 하지 않은 채 무작정 충동적으로 보러 왔다는 사실을 그제야 깨달았다. 아차. 나 그랬구나. 무슨 영화든 어디든 상관없었구나. 아무도 모르는 곳에서 혼자 있고 싶었던 거구나. 나조차도 나를 잊을 수 있는 공간에서 시간을 보내고 싶었던 거야. 내가 피시방이나 오락실에 갈 때도 사실 그런 순간이 많았던 거구나.

　그 순간, 사람이 자기 자신의 마음을 읽는다는 느낌은 '이런 것이구나!' 하고 어렴풋이 깨달았다. 내 마음이 어떻게 생겼는지 진짜 모습을 비로소 보게 되는 것. 내 행동 뒤에 숨은 진짜 내 마음. 마음이란 녀석은 워낙 엉망진창이고 솔직하지 못해서 마음과 달리 말이 나오고 행동하게 된다고 생각한 적이 많았다. 그러나 마음과 달리, 라기보다는 어쩌면 그 마음 뒤에 숨은 진짜 마음이 있기 때문에 말과 행동은 그 진짜 마음의 명령에 따른 것일지도 모르겠다.

　결국 책방에는 아무도 오지 않았다.

　"둘이 봐야겠네요."

　책방 남자가 멋쩍게 웃고는 영화 상영 준비를 시작했다. 삼각대를 가져오더니 그 위에 빔 프로젝터를 고정시켰다. 책이 진열된 한쪽 벽 천장에서 스크린이 내려와 책들을 모두 가리자 제법 아늑한 영화관이 되었다. 남자는 노트북을 연결해 전원을 켰다.

스크린에는 바탕화면이 열리고 푸르스름한 빛이 퍼져 나왔다. 책방은 깊은 바다처럼 고요했다.

"배가 왼쪽으로 갑자기 기우뚱했습니다. 식판에 반찬을 담느라 중심을 잡으려고 하는데 다시 오른쪽으로, 조금 있다 다시 왼쪽으로…"

"몸이 붕 뜨면서 그냥 확 날아가서 창문 옆 벽에 쾅 부딪혔어요. 탈출하고 나서 어떤 애가 '야, 너, 피!' 하길래 보니까 얼굴이 피범벅이었는데 아픈 줄도 몰랐어요."

"우리는 노상 배를 타고 다녀 경험으로 알고 있으니까, 이건 분명 암초나 뭐 어디에 부딪힌 거다 생각했죠. 바다는 굉장히 잔잔했거든요. 섬은 저 멀리에 있었고 배는 깊은 바다 위에 있었지요. 부딪힐 것은 아무것도 없는 거죠."

영화라기보다 TV 다큐 방송 프로그램 같았다. 세월호에 탔다가 탈출하거나 구조된 사람들의 증언과 전문가들의 분석이 영화의 내용이었다.

흥미진진한 스토리가 이어지다가 후련한 해피엔딩으로 끝나는 영화들을 주로 봤던 나로서는 영화가 끝나자 무척 답답한 심정이 되었다. 영화라는 게 이상한 일이 벌어지면 그걸 추적하고 막 무서운 일도 생기고 위험한 일도 겪으며 손에 땀을 쥐고 본 다음에 하나씩하나씩 해결되는 쾌감을 느껴야 하는 거 아닌가. 원래 영화는 그런 거 아닌가. 이건 뭐 찜찜하기만 하다. 아무것도 해결된 것도 없고 밝혀진 것도 없고 궁금증만 더해졌다. 아주 기분 나쁜 영화였다. 온통 의혹뿐인 영화였다. 각계 전문가들이 과학적으로 설명하는 것을 보아도, 배를 자주 타고 다닌다는 화물기사들이 증언하는 내용도, 집요한 감독이 몇 년에 걸쳐 조사하고 분석한 자료를 봐도 마찬가지다.

"물리적으로 성립되지 않는 일이죠."

"설명할 수 없는 현상으로 보입니다."

"사고 지점, 시각, 배의 속도, 방향 등 정부 데이터와 모두 불일치합니다."

세월호와 관련된 여러 가지 의혹들을 모아 놓은 일종의 다큐멘터리 영화였다.

이상하다. 이상하다. 이상한 일이다. 왜 그랬을까. 왜 배가 침몰했을까. 왜 구조를 안 했을까. 왜 탈출하라고 안 했을까. 왜 계속 가만히 있으라고 했을까. 영화는 의혹만 잔뜩 던져놓고 아무것도 해결하지 못했다. 영화가 해결할 수 있는 문제도 아니었다. 그동안 세월호 이야기만 나오면 아빠가 생각나는 바람에 관심을 가지지 못했는데, 유가족들이 계속 진상규명을 외치며 시위하는 이유를 조금은 알 것 같았다.

밖으로 나왔을 때, 거리는 이미 어두컴컴한 밤이었다.

휴대폰을 열고 시각을 봤다. 아홉 시가 넘어 있었다. 천천히 어슬렁거리며 골목을 빠져 나와 집을 향해 걸었다.

책방 남자는 하필 왜 저런 영화를 무료로 상영하는 걸까. 궁금했지만 물어보지는 않았다. 아빠가 죽은 이후로 알게 된 게 있다면, 사람들이 던지는 아주 평범한 질문조차도 어떤 경우에는 심장을 깊숙이 쑤시는 칼이 될 수 있다는 점이다. 영화를 보는 동안 조금 울었더니 머리가 띵하다. 다른 영화를 봐야겠다. 이 영화의 장면들을 빨리 잊어버리고 싶다.

진서는 뭘 하고 있을까. 영화를 보는 내내 너무나 많은 생각들이 스쳐갔다. 세월호 침몰에 대한 의혹을 다룬 영화였음에도 나는 그 사건 자체보다 죽음에 대한 생각에 계속 사로잡혀 있었다. 우리 아빠와 진서 아빠의 죽음, 그리고 그로 인해 엉망진창이 된 진서와 나의 관계.

걸음을 멈추고 정신 차려 보니 어느새 우리 집이 아니라 진서네 아파트 근처에 와 있었다.

잠깐 망설이다 카톡 창을 열었다.

-잠깐 나올래?
-나 숙제하고 있는데.

-아, 시바, 그놈의 숙제, 숙제. 센터가 학교냐?

-학교랑 똑같아.

-얼마나 걸리는데?

-글쎄, 20~30분?

-기다릴게. 할 말 있어.

-어디냐

-센스빌 놀이터

숙제를 한다던 진서는 5분도 안 되어 곧바로 나왔다.

진서는 아무 말이 없었다. 나는 조금 뜸을 들이다가 나직하게 말했다.

"미안하다. 박진서."

내가 진서한테 대뜸 사과부터 하게 될 줄은 나도 몰랐다. 할 말 있다고 나오라고는 했어도 무슨 말을 해야 할지 갈피를 잡지 못하고 있던 참이었다. 진서 새끼가 너무 빨리 나오는 바람에 당황한 나는 느닷없이 얼떨결에 사과하게 된 것이다. 아, 시바. 역시 마음은 정리가 되지 않고 말은 제멋대로 튀어나와 버린다. 책방 아저씨한테 물어보고 싶다. 내가 왜 이러는지.

진서의 얼굴이 복잡하게 일그러졌지만, 살짝 웃고 있는 것 같기도 했다.

"경찰서에서 우리 이미 화해했어, 임마."

"그게 아니라…후~!"

여전히 나는 할 말을 찾지 못하고 있는데 진서가 아주 논리적으로 또박또박 말했다.

"때린 거 내가 먼저야. 그러니까 네가 먼저 다시 사과할 필요 없는 거야."

진서 이 새끼는 이렇게 단순해서 사람 환장하게 만든다. 내가 뭘 미안해하는지를 아직도 모른다. 경찰서에서 우리가 서로 사과한 건 경찰들의 업무였다는 것도 모르는 답답한 새끼다. 누가 먼저 누가 나중, 하나하나 재고 깎고 따지고 정확하게! 아, 진짜 열받는다. 열을 내면 또 싸우게 될 테니 나는 마음을 가라앉히려 심호흡을 했다. 그러면서 내가 과연 무슨 말을 하고 싶었던 건지 머릿속을 더듬거렸다.

"그래. 네가 먼저 나한테 펀치 날렸지. 내가 널 그렇게 하게 만들었어. 그거 사과하는 거야, 새꺄."

어둠 속에서도 가로등 불빛 덕에 진서의 동공이 커다래지는 것을 볼 수 있었다. 나는 진서의 마음이 흔들리는 거라고 느꼈다. 그런 진서를 보니 준비하지도 않았던 용기가 생겨났다. 이번에는 정말 하기 힘들었던 사과를 했다.

"너… 학교 그만두게 만든 것도 미안해."

"좀 걸을래?"

진서가 앞장서서 유달산 쪽으로 천천히 걷기 시작했다. 나도 그 뒤를 따라 걸었다.

"무슨 일 있냐?"

"없어."

"근데 갑자기 모냐."

"그냥."

"아직도 학교 개학 안 했지?"

진서가 갑자기 말을 다른 데로 돌렸는데 나에게는 그게 왠지 편하고 안심이 되었다.

"응. 너는?"

"센터는 아이들이 몇 명 안 되니까."

"다닐 만하냐?"

"좋아."

"뭐? 좋다구? 야, 거기 개또라이 새끼들 우글우글…"

…

물론 나도 아차 싶긴 했다. 진서가 다니는 곳인데, 모범생 박진서가 좋다는데, 그럼 어떤 점이 좋은지 차분히 물어야 대화가될 텐데. 나는 왜 이렇게 말이 막 나가는지 도대체 알 수 없다.

"개또라이 새끼들은 어디에나 있어."

"미안하다. 나도 모르게 그만…"

"처음엔 내가 왜 문제아들 모여 있는 데를 가야 하나 화가 나더라. 어른들하고 말해봤자 안 통하니까 몇 번 다니는 척하고 그만둘 생각이었지. 근데 가보니까 학교랑 똑같애. 애들 거의 다 수능 준비들 하고. 생각보다 평범하고. 거의 다 착해. 이미 학교를 경험한 애들이라 학교에서 있었던 일들을 반복하지 않으려고 서로 많이 조심하더라. 나는 그게 맘에 들어."

"난 네가 모범생인 게 어쩔 땐 답답했는데, 너야말로 어디로 튈지 알 수 없더라. 뒤늦게 사춘기가 온 거냐, 뭐냐, 새꺄."

"사람은 자기가 경험한 거 말고는 아무것도 모르는 거라는 생각이 들더라."

"박진서."

"웅."

"너랑 나랑은 거의 같은 경험을 하며 지금껏 살았잖냐. 우리 둘 다 아빠도 죽었고…"

"아빠 이야기는 관두자."

놀이터로 나올 때부터 지금까지 차분하게 말하던 진서의 목소리가 떨렸다. 초딩 때처럼 표정 없이 어둠에 잠긴 얼굴은 아니었지만 진서는 아직도 그대로다. 진서와 내가 멀어지고 어색해진 것도 아빠 이야기만 하려고 하면 이런 반응을 보이니까 그랬다. 마치 우리 아빠는 멀쩡히 살아있기라도 한 것처럼 군다.

"새꺄, 너만 아빠 죽었냐!"

둘레길로 저녁 산책을 나온 사람들 두어 명이 지나가며 우리를 흘깃 쳐다봤다.

"그만해라."

진서가 굳은 얼굴로 말했다.

"아니, 난 계속 해야겠어! 나도 아빠가 죽었어. 놀랐고, 충격받았고, 슬펐어! 지금도 마찬가지야! 그래서 너랑 이야기하고 싶었다구! 다른 애들은 아빠가 죽은 게 어떤 건지 모르잖아. 너랑은 우리 아빠에 대해서, 너네 아빠에 대해서 뭐든지 다 말할 수 있잖아. 이건 너랑 나랑 둘이만 할 수 있는 이야기잖아."

"그게 뭐."

"그게 뭐?"

"아빠에 대해 말하면, 아빠가 다시 살아나냐? 왜 그렇게 아빠에 대해 말하고 싶은건데? 넌 원래 아빠 얘기 잘 하지도 않았잖아. 살아계실 때도 안 하던 아빠 이야기를 왜 죽고 나서 그토록 하고 싶어 하지? 아무 소용없는 일이잖아."

진서가 차갑게 말했으나 나는 냉정함보다 답답함을 느꼈다.

저 앞뒤 꽉 막힌 녀석의 답답한 생각을 어디서부터 어떻게 풀어헤쳐야 할지 모르겠다. 나는 아빠에 대해 이야기하자는 게 아니라 아빠를 잃은 우리에 대해 이야기하고 싶은 거였다. 진서는 왜 그걸 모르는 걸까. 아니, 알기는커녕 그런 생각조차 안 드는 걸까. 아빠를 잃은 상처에 대해서라면, 진서와 나만이 서로를 위로할 수 있을 것이다. 진서와 나만이 서로의 슬픔을 완벽하게 이해할 수 있을 테니까. 문득, 아까 책방에서 봤던 세월호 영화가 떠올랐다.

"진서야, 너 세월호 유가족들에 대해 어떻게 생각하냐?"

"갑자기 왜 뜬금없이?"

"그분들은 거의 자식을 잃었잖아. 모여서 시위하고 서명 받고 진상규명하라고 계속 외치고 전 국민이 4월 16일마다 잊지 않겠습니다 하고 노란 리본 띄우고, 그거 다 소용없는 일이라고 생각해?"

"깊이 생각해본 적은 없지만, 소용없는 일인 것 같기는 해. 우리 센터에 다형이라고, 안산에서 온 애가 있는데 아무리 애를 써도 아무것도 달라지지 않는대. 이미 벌어진 일이고, 진상규명도 보상도 더 이상 없을 거래. 계속 매달려봤자 힘만 들고 고생스럽지 않나?"

"아무것도 제대로 밝혀진 게 아닌데도?"

영화 내용을 자세히 이야기 하려다 말았다. 모처럼 진서와 대화를 나눌 수 있게 되었는데 책방이며 세월호며 또 엉뚱한 말만 하게 될까 봐. 오늘은 진서에게 꼭 하고 싶었던 말들만 해야지 생각했다.

"벌써 몇 년이나 지났는데 그게 이제 와서 밝혀지겠어? 나라에서 밝혀야 하는데 안 하잖아. 이제는 더구나 코로나 때문에 정신없고. 지나간 일에 매달릴 시간에 앞으로 살아갈 날을 위해 집중하는 게 맞는 거 같아."

진서다운 말이다. 현실에 단단히 발을 붙이고 다른 곳으로는 절대 눈돌리지 않는 태도.

"그런다고 죽은 자식들이 살아 돌아오는 것도 아니라는 말을 하고 싶은 거지?"

"뭐, 그런 거지."

"그 상처와 슬픔과 억울함은 다 어떻게 하고?"

"견디다 보면 시간이 해결해주겠지. 원래 다 그런 거잖아."

"어떻게 견디는데?"

"글쎄…사람마다 다르겠지만, 적어도 난 울지 않기로 했거든. 그게 차라리 견디기 쉬워."

"넌 견디는 게 아냐. 피하고 있는 거야. 아빠가 죽었으니까 웃어도 안 되고 친구랑 놀아도 안 되고, 그러면 사람들이 수군대며 뭐라고 할 거 같으니까, 네 할 일을 열심히 하는 척하면서 사람들의 시선을 피하는 거라구. 눈물도 그렇게 피하는 거고. 그건 견디는 게 아니라 회피야."

"네가 나에 대해 뭘 알아?"

"시바, 그럼 나 말고 누가 아냐? 넌 맞짱 뜰 줄을 몰라. 늘 피하기 바빴어. 어릴 때도 우리가 놀다가 다른 애들이 시비 걸어서 내가 싸우려 하면, 넌 '냅둬 그냥 가자. 똥이 무서워서 피하냐 더러워서 피하지' 라고 했어. 어른들은 그런 너를 늘 칭찬했지. 싸움도 안 하고 양보도 잘 한다고, 착하다고. 아빠 죽고 넌 더 모범생이 됐어. 그것도 회피야. 슬퍼서 무너지고 싶은 걸 너는 그런 식으로 피하는 거야. 아빠 이야기를 꺼내지 못하게 하는 것도 그걸 감당할 자신이 없으니까 피하는 거고. 시바, 되게 반듯하고 강한 척하지만 그게 얼마나 나약한 건지 넌 몰라 새꺄."

"그럼 울고 불고 싸우는 건? 그게 강한 거냐? 철없는 거지."

"내가 진서 너한테 시비를 걸어도 넌 피하기만 했어. 결국 나랑 맞짱 뜨는 대신 학교를 그만두기까지 했지. 그 정도 일로 학교를 그만두는 고등학생은 대한민국에 너밖에 없을 거야. 넌 그렇게 늘 어떤 상황이든 정면 대결하지 않고 피할 수 있는 데까지 피하는 애야. 그날 여기서 네가 날 먼저 쳤을 때, 좋더라. 처맞고 엉겨 붙어 싸우다 경찰서까지 갔으면서도 내가 얼마나 후련했는 줄 아냐? 네가 그렇게 솔직한 태도로 맞짱 뜨는 거, 처음이었다고."

진서는 남에게 피해주지 않으려 늘 신경을 쓰고 배려했다. 어릴 때 나는 그런 진서의 모습이 성숙한 태도라고 생각했었다. 그러나 커가면서 그런 태도에서 나는 차츰 거리감을 느끼게 되었다. 나도 모르게 진서에게 피해를 끼칠까 봐 눈치를 보며 조심스럽게 행동하게 되었다.

진서는 아빠가 죽어서 슬프다는 감정을 말하는 것도 남에게 피해를 준다고 생각하는 것이다. 내 문제니까 내가 알아서 해결해야 한다는 생각이 지배적이다. 다른 사람 앞에서 슬퍼하는 것은 상대방을 곤란하게 만드는 일이다. 엄살 부리면 안 된다. 즐거워 보여도 안 된다. 내 감정을 다른 사람에게 쏟아내서는 안 된다. 감정은 무시하라. 혼자 처리하라. 그저 묵묵히 자기 할 일을 열심히 하는 것 말고는 다 불필요하다. 진서는 늘 온몸으로 그렇게 말하고 있었다.

"난 그냥 너랑 아무 말이나 막 하고 싶었다구. 네가 기분 나쁠까 봐 신경 쓰지 않고, 네가 너무 슬퍼져서 울면 어쩌나 걱정하지 않고. 넌 죽은 아빠와의 관계가 중요하지만, 난 살아 있는 우리들의 관계가 더 중요했어. 네 말대로 아빠한테 빠져 있어봤자 죽은 아빠가 살아나는 것도 아닌데, 넌 앞뒤가 안 맞아. 이런다고 아빠가 살아나는 것도 아닌데 하는 생각이라면 살아 있는 사람들과의 관계가 더 중요해야지. 안 그래? 죽은 아빠한테서 벗어나지 못하고 있는 게 다 무슨 소용이야."

"석현이 너와 내가 견디는 방식이 서로 다른 거 아닐까?"

진서는 곤혹스러워 하는 듯 인상을 찌푸리며 말했다.

"견디는 거라구? 웃기지마. 널 똑바로 봐. 맞짱 뜨는 거 못 하는 박진서지만 너 스스로와 한번쯤 맞짱을 떠봐. 너 자신에게 솔직해보라구. 넌 너 자신조차 피하고 있어. 너야말로 그런 식으로 매달려 있는 거 소용없는 일이야. 오늘 네가 해야 할 일이 공부해서 대학 가는 거 말고는 없다고 생각해? 넌 지금까지 친구 한 명 제대로 사귀지도 못했어. 그게 현재를 성실하게 사는 거냐?

뭔가 좀 잘못돼 있다는 생각 안 들어?"

"…"

"네가 주장하는 대로라면 다 소용없는 일이야. 대학은 뭐 하러 가냐? 취업은? 결혼은? 어차피 다 죽을 건데? 그게 다 무슨 소용이야?"

"석현아, 너 기억나냐? 아빠 죽은 지 얼마 되지 않았을 때였어. 네가 우리 반으로 왔더라. 너를 보는 순간 아빠 생각이 나서 엄청 힘들더라. 그런데 너는 올 때부터 막 철철 울고 있었어. 나는 누가 울면 너무 힘들어. 머리부터 발끝까지 내 몸 구석구석 마음이란 마음이 다 아파 미칠 지경이야. 나까지 울면 안 되잖아. 눈을 막 껌뻑거리고, 침을 꿀꺽꿀꺽 삼키고, 심호흡을 해가며 참아. 감정을 바짝 말려 죽이는 거지. 그러고 나서 내 생활에 몰두하는 거야. 규칙을 정해놓고 그걸 악착같이 지키면 감정 따위는 어느새 저만치 물러가 있는 거야. 난 그게 어른이라고 생각해."

"거봐. 넌 그런 식으로 회피해 왔던 거야."

"어떨 때는 나도 엄청 화가 나거나 슬퍼서 막 소리 지르며 알몸으로 뛰어다니고 싶을 때도 있어."

"제발 좀 그렇게 해! 새꺄. 로봇처럼 굴지 말고."

"그렇게 하는 사람을 우리는 미친놈이라고 부르지. 감정적으로 행동하고 나면 더 힘들어. 내가 자꾸 감정에 휘둘리며 내 삶을 엉망으로 만들 때마다 생각했어. 감정은 무시하자고. 생활만 잘 하자고."

"기계냐? 사람이 화가 나면 화를 내고 슬프면 울고 좋으면 웃고 그러는 거지. 지금의 너는 괴물같아 보여."

"근데 나 숙제하다 말고 나온 거라…"

"알았어, 지금까지 나 혼자 개소리 한 거지? 들어가 새꺄."

아빠의 죽음처럼 주목받지 못하는 죽음. 죽음에 대한 모든 이야기들은 다 산 사람들의 몫이다. 진서처럼 아빠의 죽음에만 사로잡혀 있어서는 안 된다. 우리는 살아 있으니까 산 사람답게 살아 있는 사람들과의 관계를 맺어야 한다. 살아 있는 사람들이 죽은 사람들의 일을 해결해야 한다. 살아 있는 사람들끼리 서로의 슬픔을 어루만지면서 서로를 구할 수 있어야 한다. 오늘처럼, 이 정도라도 좋다.

오랜만에, 아니 처음으로 진서와 친구다운 대화를 나눈 것 같았다. 진서와 헤어져 집으로 돌아오는 길은 유난히 한산했다. 시간이 늦어서인지 코로나 때문인지 거리에 지나다니는 사람이 하나도 없었다. 가로등 불빛만 혼자 환했다. 밤바람이 콧등을 스치더니 기분 좋게 얼굴을 어루만졌다. 차갑지 않았다. 어디선가 달콤한 꽃향기가 바람에 실려 퍼지고 있었다. 봄이 부지런히 와 있었다.

05
기분 좋은 꿈

책쌤과 책방 곡비에서 하기로 했던 독서 수업은 '세월호 기억 행동 콘텐츠 창작'으로 대신하는 걸로 결정되었다. 책방 곡비에 다녀온 후 아이들이 콘텐츠 창작에 관심을 보이며 강력하게 주장한 결과였다. 나 역시 지루하게 책을 읽고 토론하는 것보다 웹툰이나 유튜브에 관심이 더 많은 건 사실이다. 잘 완성해서 문상을 받는 것도 솔직히 좀 기대되었다.

"전 그냥 빠질게요."

콘텐츠 창작을 하는 쪽으로 의견이 기울어지자 다형이가 단호한 태도로 말했다.

"좋아! 그 누구도 타인의 선택을 강요할 수는 없어. 그 대신에 콘텐츠 창작을 하겠다는 사람 빼고 나면 다형이 혼자 독서 토론은 못 하니까, 그걸 어떻게 보완하면 좋을지 스스로 생각해봐."

책쌤은 무슨 말을 하든지 강요하거나 권위적인 태도로 말하지 않는데도, 이상하게 거역할 수 없는 카리스마가 느껴졌다. 다형이도 결국 콘텐츠 창작을 하겠다고 대답할 줄 알았다.

"전 그냥 옆에서 책 읽고 있을게요."

"오케이! 그것도 좋은 생각이야. 리뷰도 쓰기!"

책쌤은 그 누구의 말에도 아니라거나 틀렸다거나 안 된다거나 하는 걸 본 적이 없다. 책쌤이 '좋아!'라고 하면 그건 굉장히 좋은 것처럼 생각되었다. 어떤 아이들은 가끔 너무 엉뚱하고 한심한 말들을 할 때도 있었는데, 책쌤은 늘 자신만만한 말투로 '멋진데! 그렇게 생각할 수도 있군! 아주 좋아!'라고 했다.

"다형아, 너도 같이 하자. 넌 안산에서 세월호에 대해 배운 것도 많을 거 아냐. 응? 제발제발제발!"

예림이가 커다란 눈을 가늘게 뜨고 두 손을 기도하듯 모아 싹싹 비벼가며 졸라댔다.

"아, 됐다고요~."

다형이는 마스크를 고쳐 쓰며 한 마디로 딱 잘라 거절해버렸다.

다형이를 제외한 우리는 책방 아저씨와 함께 테이블에 둘러앉았다.

"오늘은 일단 자유롭게 아무 이야기나 나눠보기로 해요. 어떤 걸 제작할 건지도 좋고, 세월호에 관한 아무 말 대잔치도 좋아요. 이런 저런 이야기를 실컷 나누다보면 각자가 하고 싶은 게 뭔지 좀 더 구체적으로 알게 될 거예요."

아이들은 회의를 시작하기도 전에 무조건 유튜브라고 입을 모아온 터였다.

"저는 여러분이 창작할 수 있도록 옆에서 같이 고민하고 도와줄 수 있는 게 있으면 돕기만 할 거예요. 제가 뭘 가르치거나 할 수 있는 능력이 있는 건 아니거든요. 필요하다면 신항에 가서 세월호를 보고 와도 좋을 것 같아요. 10분이면 가니까. 자료가 필요한 분은 이쪽 책꽂이에 세월호 관련 책들이 있으니까 얼마든지 자유롭게 가져다 보세요."

책방 곡비에 처음 갔을 때는 몰랐는데, 서가 한쪽이 세월호 관련된 책들로 빼곡했다. 가뜩이나 작은 책방이라 책들이 많지도 않았는데, 그렇게 한 쪽을 세월호 책들이 차지하고 있으니 마치 세월호 자료실처럼 보였다.

"이 책들도 다 파는 거예요?"

누군가가 책방 아저씨에게 물었다.

"그럼요, 아후, 근데 너무 안 팔려요."

책방 아저씨는 머쓱하게 웃으며 대답했다.

"근데 왜 팔아요?"

"그러게요."

아저씨는 이번에도 피식 웃었다. 얼굴에 웃음기가 항상 자동 장착되어 있는 것 같은 사람이다.

다형이는 책을 한 권 골라 책방 구석 소파로 가서 앉았다. 나와 예림이, 시훈이 셋은 세월호에 대해 뭘 할 건지 의논하기 시작했다.

"자, 그럼 바로 기획회의 들어가는 거네! 좋아!"

책들을 둘러보던 책쌤이 우리가 둘러앉은 테이블로 와 앉으며 말했다. '기획회의'라고 하자 우리가 뭔가 그럴듯한 일을 하기 시작한 것처럼 느껴졌다.

"와! 쌤도 같이 하는 거예요?"

"난 옆에서 구경만 할 거야. 다형이랑 둘이서 독서 토론 해야 될지도 몰라."

책쌤이 다형이를 흘깃 쳐다보며 짓궂게 말했지만 다형이는 눈길조차 주지 않았다.

"여러분은 세월호에 대해 가장 말하고 싶은 게 뭐예요?"

책방 아저씨는 웃으며 물었지만 말투는 무척 진지했다.

"진상규명을 빨리 하라고 말하고 싶어요."

"사고 책임자를 감옥에 처넣으라고 하고 싶어요."

"저는 유가족들한테 슬퍼하지 말고 밝게 살아가라고 말했으면 좋겠어요."

"근데 유가족들이 그런 말을 듣고 싶어 할까? 가족이 죽었는데 어떻게 밝게 살아? 그건 배신이지."

"죽은 사람들도 살아있는 가족들이 너무 슬퍼하면 속상하지 않을까?"

"그럼 유가족들이 가장 원하는 건 뭘까?"

"희생자들을 우리가 다 같이 오래오래 기억해주는 거 아닐까. 그러니까 해마다 잊지 않겠습니다, 리본 달고 그러잖아."

"나는 해마다 4월 16일에 노란 리본 인스타에 인증샷 올리거든. 그런데 그것만으로 뭔가 부족해. 뭐랄까, 그냥 하루치 기억 때우는 기분이랄까."

"나는 엄마랑 길거리 지나가다 진상규명하라고 서명을 엄청 여러 번 많이 했는데 나라에서 개무시하잖아. 그것도 역시 무슨 소용이 있나 싶어. 솔직히 나중에는 좀 귀찮더라."

"그래도 유가족들은 진상규명과 책임자 처벌을 원한다고 현수막에 항상 그렇게 써 있잖아. 그걸 제일 원하는 거니까 그렇겠지."

"충분히 보상해주는 걸 원하지 않을까?"

"야, 너는 돈 좀 그만 밝혀라. 보상금은 이미 다 받았다는데, 돈 더 받으려고 그러는 건 아니지."

아이들은 너나 할 것 없이 주거니 받거니 자기 생각을 말했다.

"그거 다 아냐."

소파에 파묻혀 책을 읽고 있던 다형이가 갑자기 끼어들었다.

"유가족들이 원하는 건 딱 하나야."

"뭔데?"

아이들의 시선이 일제히 다형이에게 쏠렸다.

"살아나는 거."

나는 깜짝 놀랐다. 다형이는 그걸 어떻게 알았을까. 나는 아빠가 다시 살아나지 않는 이상, 아빠를 위한 모든 것은 의미 없다고 생각하며 살아왔다. 그렇기 때문에 세월호 유가족들을 위해 뭘 하는 게 좋을지 선뜻 아이디어를 낼 수 없었다. 그렇다고 아이들이 이것저것 진지하게 말하고 있는데 찬물을 끼얹을 수도 없었기 때문에 듣고만 있던 중이었다.

"응? 뭐가 살아나?"

시훈이가 황당해하며 물었다.

"가장 원하는 건 죽은 사람이 다시 살아나는 거라구."

다형이가 다시 한 번 말하자 아이들은 맥 빠진다는 듯한 표정이 되었다.

"야, 당연히 다시 살아나면 좋지. 그럴 수 없으니까, 이미 죽었으니까 유가족들한테 위로가 되는 뭔가를 우리가 하자는 거잖아."

예림이가 살짝 발끈하며 뾰로통하게 말했다. 안 한다고 빠졌으면 그만이지 왜 중간에 끼어들어서 되지도 않는 소리를 하느냐는 것일 거다.

"오~~~ 할 수만 있다면 살려 내는 게 가장 좋은데! 죽은 사람들 살려 내기만 하면 복잡하게 진상규명이고 뭐고 다 필요 없잖아? 불가능한 일이긴 하지만."

시훈이가 호들갑스럽게 큰 소리로 말하더니 마지막에는 목소리가 기어 들어갔다.

다형이가 또 한 마디 덧붙였다.

"그러니까 내가 안 한다는 거야. 아무것도 위로가 안 된다구.
다시 살아나는 것 말고는."

"야, 안 하기로 했으면 그냥 찌그러져 있어. 회의에 하나도 도
움이 안 되는 말이잖아. 왜 엉뚱한 소리를 해서 김새게 하냐!"

이번에는 예림이가 단단히 화를 냈다. 아무래도 처음부터 다
형이를 설득하는데 실패했기 때문에 더 부아가 치밀어 올랐는
지 모르겠다. 다형이는 아랑곳하지 않고 소파에 앉은 채 말을
이었다.

"어설프게 유가족 위로한답시고 괜히 상처에 소금 뿌리지 말
고, 차라리 세월호 참사가 어떤 건지 차근차근 알려주는 건 어
때? 다들 초딩 때 벌어진 일이라 제대로 잘 모르잖아?"

나는 겉으로 표현은 안 했지만 마음속으로 물개박수를 쳤다.
전적으로 맞는 의견이라고 생각했다. 다형이는 잘난 체하는 듯
한 얄미운 말투로 말하는데, 말하는 내용은 한 마디도 틀린 소리
가 없다.

"정다형, 신경은 이쪽에 쓰면서 거기서 책 보는 척하지 말고
그냥 너도 일루 와 앉지?"

"됐거든!"

시훈이의 말에 다형이는 얼른 책으로 눈을 묻었다.

"근데요, 창작은 없는 걸 새로 만드는 거 아닌가요?"

시훈이가 책방 아저씨를 향해 물었다.

"지금 현재를 기록하는 것도 어떤 의미에서는 창조적인 작업이 될 수 있지요."

"어떻게요?"

"기록은 그저 수동적으로 기억하기 위해서가 아니라 아주 능동적인 작업이에요. 과거를 기록하면 미래를 새롭게 만들어낼 수 있거든요. 그러니 우리가 4월 16일 하루만이라도 잊지 않겠습니다, 하는 이 짤막한 문장이 단순하고 알량한 동정심이나 체면치레가 아니라 세월호 문제를 해결하는 엄청난 마법의 주문이나 다름없어요."

과거의 기록이 미래를 창조한다니, 멋진 생각이다. 보통 어른들은 지나간 것은 잊어버리고 미래만 보라고 한다. 책방 아저씨는 보통 어른들이 하는 뻔한 말들을 하지 않아 좋다. 지적질, 잔소리, 걱정, 염려, 조언, 미래, 행복⋯이런 것들에 대해 다른 어른들과 생각이 좀 달랐다. 어른들 말을 듣다보니 나도 이미 꼰대가 되어버린듯 뻔한 생각들만 하고 살아왔다. 대부분의 어른들은 나보고 어른스럽다고 했다. 보통 아이들보다 일찍 철이 들었다고, 생각하는 게 바르다고 했다. 엄마는 내가 아빠 닮아서 성실하다고 했지만, 아이들은 나를 진지충이라고 불렀다.

아빠가 너무 보고 싶어서, 아빠한테 미안해서, 세월호 문제에는 관심을 갖지 않고 지내왔다. 막상 모여서 이야기하다 보니 마치 오래 미뤄둔 숙제 같은 생각도 들어 마음이 조급해지고 있었다.

"그래, 바로 그거야!"

시훈이가 오른손 손가락으로 딱딱 두 번 소리를 내더니 기발한 아이디어가 떠올랐다는 듯한 표정으로 의기양양하게 말했다.

"내가 저번부터 유튜브 하겠다고 했었지? 유튜브로 세월호 참사에 대한 기록들을 좌악 다 모아서 차례차례 방송하는 거야. 여러분, 세월호 참사에 대해 정확히 알고 계시나요? 세월호 첫날부터 지금까지 참사의 모든 것을 시훈채널에서 알려드립니다. 구독과 좋아요를 합치면 구조입니다~! 구조하라! 구조하라! 어때? 대박? 나 천재지?"

시훈이는 언제나 밝고 긍정적이다. 어릴 때의 석현이를 보는 것 같다.

"그런 건 이미 다 있지 않을까? 유가족들한테 전달되지도 않을 거 같은데?"

예림이의 말에 책쌤이 시원시원하게 한 마디 거들었다.

"우리가 하는 활동이 꼭 유가족들한테 전달되지 않아도 돼. 다 각자의 자리에서 각자의 방법으로 각자를 위로하는 거야. 말하자면 기도 같은 거지. 전달이 된다 안 된다 그런 것까지 생각하지 말고 이야기들마저 나눠봐."

"일단, 난 세월호 참사의 모든 것 유튜브 시훈채널 찜!"

"그럼 난 웹툰 할래."

드로잉북을 항상 가지고 다니는 예림이다운 선택이었다.

"오~웹툰 재밌겠다. 무슨 내용으로 할 거야?"

역시 적극적인 시훈이가 내용에도 부쩍 관심을 보였다.

"플래카드나 뉴스를 좀 봤더니 아무래도 가장 많이 나오는 내용이 항상 진상규명과 책임자 처벌이더라구. 시훈이가 참사의 모든 것을 유튜브로 보여줄 거면 나는 웹툰으로 진상규명과 책임자 처벌에 대해 보여주는 거지. 괜찮죠?"

예림이가 책방 아저씨에게 도움을 요청하는 듯 물었다.

"일일이 그림 그리려면 힘들겠지만 재미있을 것 같네요. 알기 쉽게 웹툰으로 보여주는 건 좋은 생각 같아요. 어쨌든 공부가 좀 필요할 것 같은데요?"

"야, 그래도 내용은 다르게 해야지. 똑같은 걸 갖고 나는 유튜브, 너는 웹툰 그러면 안 돼지."

"왜 안 돼?"

예림이가 되물었다.

"암튼 넌 다른 거 해. 아이디어 생각나면 줄 수도 있어."

"일단 웹툰은 정했음!"

아이디어 줄 수도 있다고 말하기가 무섭게 시훈이는 좋은 생각이 떠올랐다며 눈을 반짝이더니 말했다.

"희생자들 얼굴 하나씩 그려서 기억하자고 하는 거야! 굿 아이디어지?"

"그게 가장 흔한 거야. 사진, 그림, 한 명씩 기억하기. 수없이 한 거라구."

다형이가 또 끼어들었다.

"이야! 이제 보니 시훈이가 아주 아이디어 뱅크였네! 흔해도 좋고 반복해도 괜찮아. 아무리 반복해도 의미 있는 일이야."

책쌤이 어김없이 초긍정 마인드를 발휘해 말했다.

"음, 그건 할 수 있겠다. 사진 구해서 똑같이 그려야 될 텐데. 잘 할 수 있을까요, 쌤?"

"그럼! 오예림이 그 정도는 얼마든지 하지! 근데 진서는 왜 아무 말이 없어?"

나는 아까부터 가슴이 쿵쿵 뛰고 있었다.

다형이가 유가족이 가장 원하는 건 다시 살아나는 거라는 말을 했을 때부터다. 우리 아빠가 다시 살아나는 상상을 하고 있었다. 타임머신을 탄 것처럼 그날 아침으로 돌아가서, 아빠가 출근하는 걸 막는다거나, 아빠가 사고 나기 직전에 쓰던 공구들을 몽땅 빼앗아버리거나, 석현이 아빠와 함께 다른 일을 하게 하거나 할 수 있다면, 그렇게 살려낼 수 있다면 얼마나 좋을까 하는 상상을, 몇 년 동안 수도 없이 하고 또 했던 상상을.

"진서 너도 말해봐. 뭐 할 거야?"

자신감을 얻은 예림이가 눈을 동그랗게 뜨고 물었다.

"저기… 나는…"

나는 처음으로 용기 내어 말을 꺼냈다.

"아까 다형이 말에 찬성해. 사람이 죽으면 모든 게 끝나버려. 어떤 것도 위로가 될 수 없어. 그 사람이 다시 살아나는 것 말고는 바라는 게 없어. 좋은 데 갔겠지. 편안하게 있겠지. 죽은 사람 몫까지 잘 살아야지. 하늘에서 지켜보고 있겠지. 나중에 죽으면 만나겠지. 그런 생각을 매일매일 해보지만 소용없어. 만나고 싶고 목소리 듣고 싶고, 그런 건 다시 살아나야지만 가능한 것들이야. 보고 싶을 때마다 꿈에 나타나는 것도 아니고."

내가 너무 심각하게 말했는지, 아이들이 조용했다. 책방 아저씨도 책쌤도 아무 말도 하지 않았다. 아빠의 죽음에 대한 이야기를 하려고 했지만 더 이상 말했다가는 눈물이 쏟아질 것 같아 그만두었다.

"그래서…게임으로 살려내보는 거…할 수 있다면 만들어보고 싶어."

"거봐, 진서도 게임 이야기 하잖아. 내가 게임 만들면 좋겠다고 했을 때 다형이가 막 뭐라 그랬지?"

시훈이는 툴툴거렸고, 예림이는 내가 게임을 만들 수 있는지 궁금해했다. 다형이는 소파에 앉은 채 나를 빤히 바라보더니 다시 책 속으로 파묻혔다.

나까지 콘텐츠를 결정하자 회의는 갑자기 활기를 띠기 시작해 두 시간이나 이어졌다.

우리는 세월호 사고가 나던 날에 배 안에서 벌어진 일을 조사하기로 했다. 각자 어딘가에서 주워들은 정보들은 다 있었지만 그게 얼마나 정확한지 알 수 없었다. 나중에는 세월호 사고가 나던 순간의 기억들을 각자 끄집어내 수다를 떠느라 이야기가 조금 엉뚱한 방향으로 빠지긴 했지만 우리는 그런대로 기분 좋게 회의를 마무리할 수 있었다.

"와~ 게임이지만 그 사람들 다 구조할 생각을 하니까 가슴 떨리는데요?"

책방 아저씨는 진심으로 감동하는 듯 말했고, 책쌤은 기분 좋게 난감해했다.

"난 게임의 게 자의 기억 자도 모르지, 유튜브 할 줄도 모르지, 그림도 못 그리지, 아이고~ 아무것도 못 도와주겠네! 떡볶이나 쏘지 뭐!"

집에 돌아와 침대에 누웠지만 잠이 오지 않았다.

비록 게임이지만 죽은 사람들을 살려낸다는 사실에 가슴이 설렜다. 책방 곡비에서 아이들과 회의하며 주고받은 대화들이 한 마디 한 마디 되살아났다.

전부 304명이라고 했지. 세월호가 처음 기울어지던 시각부터 시작해서 완전히 침몰하기 전까지 전원 구출하면 게임은 최종 엔딩되는 것으로 해야겠다. 플레이어는 여러 명이 한 팀이 되어 움직여야 빨리빨리 구출하는 데 유리할 거야. 해경은 하나도 구하지 못했으니까 게임에서 아예 빼버려야지. 플레이어는 학생들과 선생님, 그리고 전문가도 좀 있어야 하니까 승무원들로 구성하는 게 좋을 거야.

세월호 전원 구조라니!

상상만 해도 신이 났다. 게임의 시나리오가 마구마구 펼쳐지느라 잠은 싹 달아나고 정신이 점점 또렷해졌다. 뭔가를 계획하고 규칙을 정하는 일이 나에게는 정말 기분 좋은 일이라는 사실을 새삼 깨달았다. 플레이어들이 재미와 보람을 느낄 수 있는 다양한 이스트 에그를 잘 만들어 활용해야겠다는 생각이 이어지자 석현이가 떠올랐다. 그 방면으로는 석현이가 제일인데. 같이 하자고 할까. 이 궁리 저 궁리 끝이 없는 밤이었다.

세월호가 기울기 시작하자 온몸에 빨갛게 불이 붙어있던 아빠가 어디선가 배 안으로 풍덩 뛰어들었다. 바닷물은 파도 소리를 내며 아빠를 휘감고 있던 불길을 순식간에 꺼트렸다. 내가 물 위를 둥둥 떠다니며 한 사람 한 사람 밀어 올리면, 아빠는 차례차례 손을 잡아 끌어 갑판 위 안전한 곳에 대기시켰다. 한 사람을 구출할 때마다 아빠와 나는 서로에게 손가락으로 브이 자를 만들어 짧은 응원을 주고받았다. 기분 좋은 꿈이었다. 꿈속에 아빠가 나타난 건 처음이었다.

아침 일찍 잠에서 깨자마자 석현이에게 전화를 걸었다.

"자냐? 학교 안 가?"

"코로나 때문에 온라인 수업이잖아. 수업 직전에 일어나 앉으면 돼."

"석현아, 나 네 말 듣고 생각한 게 많다. 정면 대결. 회피 안 하고 맞짱 뜨기로 했어."

"시바, 아침부터 뭔 개풀 뜯어먹는 소리야?"

"세월호. 그 사람들 다 살려낼 거야. 너도 같이 하자."

"이 새끼가 지금 뭐래, 잠꼬대 하냐? 뭐 좀 알아듣게끔 말을 해 봐."

"어제 꿈에 아빠 만났어."

"아, 진짜 뭐라는 거야?"

"카톡에 찍어 놓을게. 이따 5시에 그리로 와. "

서둘러 통화를 종료하고 책방 곡비의 주소를 찍어 석현이에게 보냈다. 방문 틈으로 버터 향이 짙게 파고들고 있었다. 엄마가 토스트를 굽고 있는 모양이다.

나는 벌떡 일어나 주방으로 가서 우유를 한 잔 컵에 따라 벌컥벌컥 마셨다.

"어머니! 굿모닝입니닷!"

우유팩을 다시 집어넣고, 냉장고 문에 붙어 있는 시를 무턱대고 큰 소리로 읽었다.

죽은 자들을 살려내는 게임

진짜 도깨비 같은 놈이다.

느닷없이 학교를 그만두질 않나, 다짜고짜 주먹질을 하질 않나, 무슨 센턴지 뭔지에 가질 않나, 아침부터 앞뒤 없이 수수께끼 같은 소리를 지껄이질 않나. 진서가 언제부터 왜 이렇게 변한 건지 이해할 수 없다.

진서가 카톡에 찍어 놓은 주소를 길찾기에 입력해 집을 나섰다.

도착해보니 책방 곡비였다. 뭐야, 이 새끼는 여길 또 어떻게 알았지?

진서는 이미 와 있었다.

"시간 딱 맞췄네!"

문을 열고 들어가자 진서가 안경을 추켜올리며 활짝 웃어 보였다. 책방 아저씨가 깜짝 놀라서 진서와 나를 번갈아 쳐다봤다.

"아니, 게임의 신이라는 사람이 나의 영화 동지였어요?"

우리 셋은 서로 어떻게 알게 된 사이인지 돌아가며 설명하기 바빴다.

"석현아, 이제 서로 교통정리 다 끝났으니까 일단 저거부터 읽어봐."

진서는 벽에 붙어있는 노란색 포스터를 가리켰다.

세월호 기억 행동 콘텐츠 창작.

포스터를 다 읽고 나서도 무슨 상황인지 이해가 되지 않았다.

"애들 두 명 더 있는데, 너도 같이 하자고 부른 거야. 너 프로 게이머가 꿈이었잖아."

"그거야 초딩 때 게임에 미쳐서 했던 소리고."

"지금은 아냐?"

"지금은…음…약간 비슷하긴 하지."

"그럼 개발자겠네. 내가 너를 알지. 그래, 그만큼 게임했으면 이제 개발자 할 때도 됐다. 잘 됐어!"

"내가 언제 개발자 된다 그랬냐? 그리고 게임 제작이 뭐 그렇게 쉬운 일이냐?"

"어려운 일이니까 널 불렀지 임마."

나는 책방 아저씨에게 물었다.

"근데 이런 거 왜 하시는 거예요?"

책방 아저씨는 잠깐 생각에 잠기듯 아래로 눈을 내리깔았다가 엷은 미소를 지으며 천천히 대답했다. 그 표정은 어딘지 좀 난처해 보이기도 했다.

"음…미안해서요."

"뭐가요?"

"음…배가…그렇게 침몰하는데 아무것도 할 수 없었던 게…그 것 때문에…몇 년 동안 계속 아무것도 할 수 없었거든요…"

"그거야, 뭐, 해경들이 못 구한 건데 왜 아저씨가 미안해요?"

"그쵸…해경이…해경이 나빴지요. 해경이…"

"그러니까 우리가 구하자고. 빨리 게임 만들어서 전원 구조를 하면 유가족들이 얼마나 기뻐하겠어, 그치?"

진서가 보채듯이 말하더니 의자 위에 있던 가방에서 노란색 노트를 꺼냈다.

노트의 첫 페이지를 펼쳐 내밀며 말했다.

"우리가 구조할 사람들이야, 석현아. 어젯밤에 찾아서 한 명 한 명 다 적었어. 참 신기해. 이름만 적고 있는데도 살려내고 있 는 기분이 막 들더라."

실종자(9명)

고창석, 권재근, 권혁규, 남현철, 박영인, 양승진, 이영숙, 조은 화, 허다윤

단원고

1반(17명)

고해인, 김민지, 김민희, 김수경, 김수진, 김영경, 김예은, 김주아, 김현정, 문지성, 박성빈, 우소영, 유미지, 이수연, 이연화, 정가현, 한고운

2반(24명)

강수정, 강우영, 길채원, 김민지, 김소정, 김수정, 김주희, 김지윤, 남수빈, 남지현, 박정은, 박주희, 박혜선, 송지나, 양온유, 오유정, 윤민지, 윤솔, 이혜경, 전하영, 정지아, 조서우, 한세영, 허유림

3반(26명)

김담비, 김도언, 김빛나라, 김소연, 김수경, 김시연, 김영은, 김주은, 김지인, 박영란, 박예슬, 박지우, 박지윤, 박채연, 백지숙, 신승희, 유예은, 유혜원, 이지민, 장주이, 전영수, 정예진, 최수희, 최윤민, 한은지, 황지현

4반(28명)

강승묵, 강신욱, 강혁, 권오천, 김건우, 김대희, 김동혁, 김범수, 김용진, 김웅기, 김윤수, 김정현, 김호연, 박수현, 박정훈,

빈하용, 슬라바, 안준혁, 안형준, 임경빈, 임요한, 장진용, 정차웅, 정휘범, 진우혁, 최성호, 한정무, 홍순영

5반(27명)

김건우, 김건우, 김도현, 김민석, 김민성, 김성현, 김완준, 김인호, 김진광, 김시훈, 문중식, 박성호, 박준민, 박진리, 박홍래, 서동진, 오준영, 이석준, 이진환, 이창현, 이홍승, 인태범, 정이삭, 조성원, 천인호, 최남혁, 최민석

6반(23명)

구태민, 권순범, 김동영, 김동협, 김민규, 김승태, 김승혁, 김승환, 박새도, 서재능, 선우진, 신호성, 이건계, 이다운, 이세현, 이영만, 이장환, 이태민, 전현탁, 정원석, 최덕하, 홍종용, 황민우

7반(32명)

곽수인, 국승현, 김건호, 김기수, 김민수, 김상호, 김성빈, 김수빈, 김정민, 나강민, 박성복, 박인배, 박현섭, 서현섭, 성민재, 손찬우, 송강현, 심장영, 안중근, 양철민, 오영석, 이강명, 이근형, 이민우, 이수빈, 이정인, 이준우, 이진형, 전찬호, 정동수, 최현주, 허재강

8반(29명)

고우재, 김대현, 김동현, 김선우, 김영창, 김재영, 김제훈, 김창헌, 박선균, 박수찬, 박시찬, 백승현, 안주현, 이승민, 이승면, 이재욱, 이호진, 임건우, 임현진, 장준형, 전형우, 제새호, 조봉석, 조찬민, 지상준, 최수빈, 최정수, 최진혁, 홍승준

9반(20명)

고하영, 권민경, 김민정, 김아라, 김초예, 김해화, 김혜선, 박예지, 배향매, 오경미, 이보미, 이수진, 이한솔, 임세희, 정다빈, 정다혜, 조은정, 진윤희, 최진아, 편다인

10반(20명)

강한솔, 구보현, 권지혜, 김다영, 김민정, 김송희, 김슬기, 김유민, 김주희, 박정슬, 이가영, 이경민, 이경주, 이다혜, 이단비, 이소진, 이은별, 이해주, 장수정, 장혜원

교사(10명)

유니나, 전수영, 김초원, 이해봉, 남윤철, 이지혜, 김응현, 최혜정, 강민규, 박육근

일반인(30명)

김순금, 김연혁, 문인자, 백평권, 심숙자, 윤춘연, 이세영, 인옥자, 정원재, 정중훈, 최순복, 최창복, 최승호, 현윤지, 조충환, 지혜진, 조지훈, 서규석, 이광진, 이은창, 신경순, 정명숙, 이제창, 서순자, 박성미, 우점달, 전종현, 한금희, 이도남, 리샹하오

선원(6명)

박지영, 정현선, 양대홍, 김문익, 안현영, 이묘희

선상 아르바이트(4명)

김기웅, 구춘미, 이현우, 방현수

숨이 멎는 것 같았다.

노트 일곱 페이지에 걸쳐 세월호 희생자 304명의 이름이 또박또박 적혀 있었다. 이름을 보고 있자니 속에서 뭔가 뜨거운 게 치밀어 오르면서 울컥했다. 가슴이 답답하게 조여들기까지 했다.

"후우……"

며칠 전 여기서 책방 아저씨랑 함께 봤던 영화 장면들이 떠오르면서 숨을 쉬기가 힘들어졌다. 테이블 맞은편에 앉아있던 책방 아저씨도 숨을 크게 들이마셨다 내쉬더니 일어서서 양손으로 마른 세수를 해댔다.

나는 노트를 망연히 바라보다가 한숨을 쉬다가를 반복했다.

"아, 놔, 진짜, 돌아버리겠네."

"어때, 막상 이름 보니까 빨리 구조하고 싶지 않아?"

나는 또 복잡하고 알 수 없는 마음의 혼란에 부딪혔다. 하고 싶은 말이 많은 것 같은데 얼른 정리되지 않았다.

"야, 박진서."

"응."

"이거 너무 잔인한 거 아니냐?"

"왜? 뭐가 잔인해?"

"이미 죽은 사람들이야. 설령, 게임 제작에 성공한다 쳐. 게임에서 살린다고 이 사람들이 진짜 살아나는 것도 아니고, 유가족들이 알면 어떻겠어? 과연 이걸 원할까? 유가족들한테 이 게임이 위로가 되겠냐고. 괜히 후벼 파서 고통만 더 주는 거지. 이건 유가족들 우롱하는 짓이야!"

진서는 나를 똑바로 쳐다보며 도전적으로 말했다.

"난 게임이든 뭐든, 잠깐이라도 좋으니까 우리 아빠 살려내고 싶어. 넌 안 그래?"

책방 아저씨의 눈이 휘둥그레진 채로 우리를 잠시 바라보고는 서둘러 창 쪽으로 고개를 돌렸다. 우리 둘 다 아빠가 죽었다는 걸 알게 되어 좀 당황하는 것 같았다.

나는 진서를 이해할 수 없었다. 지극히 현실적이었던 진서. 죽은 아빠가 다시 살아 돌아오는 게 아니기 때문에 엄마를 위해서 공부 열심히 하는 것 말고는 아무런 생각도 하지 않는다던 진서. 이런 일은 진서에게 아무 소용없는 짓이어야 마땅했다. 이 새끼가 학교 그만두더니 다시 초딩으로 되돌아갔나. 점잖고 의젓하고 어른스럽던 박진서, 도대체 왜 이러는 거니.

"너, 니네 아빠 잊었어? 이제 아무렇지도 않아?"

진서가 나를 다그쳤다. 시바, 또 시작이다. 그때처럼. 지네 아빠만 죽은 것처럼. 나한테 아빠 죽은 아들답게 행동하라고. 웃지 말라고 종용하던 그때처럼. 진서는 왜 우리 사이가 그토록 멀어졌었는지 아직도 모르고 있는 게 분명하다.

"아저씨, 지금 이 짓을 보고만 계실 거예요? 이거 맞다고 생각하세요? 이런 거 왜 하세요?"

나는 더 이상 진서와 대화를 이어갈 필요를 못 느꼈다. 뭐 하자는 짓인지 모르겠다. 나는 책방 아저씨에게 쏘아 붙였고, 아저씨는 나직하게 대꾸했다.

"음…내 생각에는…진심으로 위로하고 싶은 마음에서 하는 일이라면 유가족을 고통스럽게 하지는 않을 것 같아요. 진짜라는 건 다 통하게 되어 있거든요."

과연 그럴까. 유가족을 위한답시고 모든 게 용납될까.

지금까지 책방 아저씨처럼 말하는 어른은 없었다. 엄마가 알면 무슨 쓸데없이 세월호냐며 공부나 하라고 할 것이다. 책방 아저씨는 아직 어리고 세상 험한 걸 모르는 순진한 어른인가.

모르겠다. 어른이 뭔지. 무엇이 옳은지. 정답이 뭔지.

"인생 사는 데 정답은 없어."

선생님이었나, 엄마였을까, 친구…누가 했는지 기억이 나지 않을 정도로 숱하게 많이 들은 말이다. 인생에 정답이 있다고 말하는 사람은 보지 못했다. 대부분의 사람들은 마치 '정답이 없다는 정답'을 말하는 것이 정답이라고 믿는 것처럼 보인다. 말로는 정답이 없다고 하면서도 정작 결정적인 순간에는 정답이라 믿는 걸 선택한다. 이를테면, 대학은 꼭 가야 한다거나, 공무원 시험을 준비하라거나, 토익이든 한국사 등급이든 무슨 자격증이든 무조건 따 놓는게 좋다든지. 그런 게 과연 정답일까? 정답은 없다고 말이나 하지 말든지. 앞뒤가 안 맞는 사람이 제일 싫다. 그런 사람은 그 자체로 가짜다. 큰 가짜 작은 가짜 없이 그냥 가짜인 거다.

어쨌든 정답이 뭔지 어른이란 어떤 건지 모르지만 나는 책방 아저씨의 태도에서 뭔가 안심되는 기분을 느꼈다. 진짜라는 건 다 통하게 되어 있다고 말하는 사람이라서 좋다. 이제 겨우 두 번째 만난 낯선 사람이지만 이미 오랫동안 나의 마음을 들여다보고 있었던 것 같다. 하지만 감시하듯 들여다보는 것과는 다르다. 그렇다고 나는 네 편이야 하며 함부로 이해하는 태도를 보이는 것도 아니다. 어쩌다 우연히 취향이 똑같은 친구를 만난 기분이었다. 와! 너 이거 좋아하는구나! 나랑 똑같네! 그래서 아는 마음. 저절로 들여다보게 된 마음.

아저씨 덕분에 진서와 게임을 만들어 볼까 하는 생각이 잠깐 들었다. 그러나 아직 잘 모르겠다. 물론 내 판단이 틀릴 수도 있겠지만, 아무래도 이건 아니지 않나.

"우리 아빠를 살려내는 게임이라면 나는 매일 그 게임을 할 거야. 아빠 사진이나 동영상만 봐도 아빠가 살아서 옆에 있는 것 같고 그러잖아. 너는 안 그러냐?"

진서는 진지하고 단호했다.

마치 지금까지 슬프다고 질질 짜지 않은 것은 죽은 사람을 살려내는 게임을 만들 희망과 계획이 있었기 때문이라는 듯한 태도였다.

"나는 그런 게임 따위는 하고 싶지 않아."

진서가 너무 강하게 말하는 바람에 엉겁결에 나도 질세라 냉정하게 말했다.

"너 게임 왜 하는데?"

진서가 물었다.

뭐라고 대답해야 할지 얼른 생각나지 않았다. 지금까지 내가 게임을 하는 이유에 대해 한 번도 생각해본 적이 없었다.

"새꺄, 게임하는 데 무슨 이유가 있어? 그냥 하는 거지."

"그러니까 그냥 왜? 안 할 수도 있잖아?"

"그냥, 나도 모르게 하다가 중독성이 있으니까 계속하게 되는 거지!"

"내 생각에 사람들이 게임을 좋아하는 이유는 현실을 잊을 수 있어서야. 일종의 현실 도피지. 그런데 그냥 도피가 아니라 엄격한 규칙에 따라 뭔가를 이루어내잖아. 어떤 게임은 돈을 모아 부자도 되고 싸워 이겨 히어로도 되구. 비록 게임이지만 그런 걸 이뤘을 때 기분 완전 좋잖아. 현실에서는 부자도 영웅도 못 되니까 게임 해봤자 소용없나? 그런 거 아니잖아. 세월호 희생자들을 전원 구조 한다는 것도 같은 거라구."

진지한 진서가 진지한 진서답게 게임에 대해 너무 진지하게 말하는 바람에 나는 피식 웃음이 났다. 이렇게 귀여운 녀석이었나. 마치 게임 하지 말라고 엄포 놓는 엄마를 제 딴에는 있는 힘껏 설득시키는 초딩처럼 군다.

"생각해 볼게."

나는 진서가 늘 내게 어른스럽게 굴었던 것처럼, 되도록 거만해 보이도록 대답했다.

"나 알바 가야 돼. 먼저 갈게."

"석현아."

"왜?"

"게임이 현실보다 공평한 세계라는 거 잊지 않았지?"

나는 못 들은 척 책방을 빠져나왔다. 진서가 하는 말이 무슨 말인지 안다.

정규직이었던 진서 아빠는 비정규직이었던 우리 아빠에게 늘 미안해했었다. 죽음조차 불공평하게 대우받는 것에 진서 엄마는 우리 엄마에게, 진서는 나에게 미안해했다는 걸 알고 있다. 진서는 함께 게임을 할 때마다 자주 말했다.

"게임은 공평해서 좋아."

맞다. 현실은 게임만큼 공평하지 않았다. 모든 게 불평등한 상태로 굴러갔다. 애초에 주어진 게 불공평한 세상이다. 처음부터 각각 다르기에 공평은 불가능하다. 게임은, 출발이 같다.

어쩌면 사람에게는 각자 저마다 가져야 할 슬픔의 몫마저도 정해져 있을지도 모른다. 같은 일을 겪고도 슬픔의 색깔이 다르고, 한 사람이 가진 슬픔도 시시각각 그 모양이 변한다. 시간이 약이라는 말과 다르게, 나는 아빠가 죽었던 그 당시보다 시간이 갈수록 점점 마음이 더 아파왔다.

옷 한 벌 못 사 입으면서 일만 하는 엄마가 불쌍했다. 나도 편의점에서 알바를 하지만 생활비를 감당하는 건 어림도 없다. 나는 자주 무력하고 외롭다는 느낌에 사로잡혔다. 그렇다고 아빠가 살아 있었으면 하고 간절히 바란 적은 없다. 다만, 가끔씩 정체를 알 수 없는 아주 커다란 억울함이 소나기처럼 쏴아 하는 소리를 내며 내 몸을 두들겨 패듯 쏟아질 때가 있었다.

나는 조금씩 죽어가고 있는 것 같은 기분에도 사로잡혔다. 아빠는 어디에 있을까. 고통이 없는 곳에서 평화롭게 지내고 있는 걸까. 엄마와 나는 이렇게 생생한 고통 속에 살아가고 있는데. 죽은 사람에게 죽음은 모든 것의 끝이다. 완전한 종료. 게임 오버. 그러니 죽음의 고통이란 결국 죽은 사람의 몫이 아니라 고스란히 살아있는 사람의 몫이다. 아빠가 죽었을 때 한동안 어른들이 입이 닳도록 했던 말. 산 사람은 살아야지. 나는 그게 무슨 뜻인지 시간이 지나면서 선명하게 알게 되었다.

그러니까 아빠가 죽었어도 살아있는 나와 엄마는 슬픔의 그림자에 뒤덮이지 않고 멀쩡하게 잘 살아가야 한다고 생각했다. 진서와 나는 아빠가 죽기 전과 다름없이, 오글거리는 우정을 맹세했던 그때처럼 멀쩡하게 잘 지내야 한다.

어쩌면 진서가 옳을 것이다. 슬픔은 결코 힘이 될 수 없다. 슬픔도 힘이 된다고 말하며 슬픔을 딛고 일어나 씩씩하게 살아간다는 것은 슬픔의 힘에 의해서가 아니라, 슬픔이 아무런 도움이 되지 않기 때문일 지도 모른다.

죽은 사람을 살려내는 게임은 결국 유가족들을 더 슬프게 할 텐데. 슬픔을 조금 덜고 좀 더 용기 내서 살아보려는 사람들에게 다시 슬픔을 상기시켜 주지 않을까. 그들은 나랑 다를까 같을까.

아빠가 살아나는 상상을 해보았다.

나 괜찮을까.

그래, 나 아빠랑 말이 하고 싶었다.

아빠와 다정하게 대화를 주고받으며 지낸 기억은 거의 없지만, 그래도 언젠가 아빠랑 친해질 수 있을 거라고 생각했었다.

아빠가 살아나면.

아빠는 죽은 자들을 살리는 게임에 대해 뭐라고 말할까.

아빠에 대해 아는 게 별로 없으니 아빠가 뭐라고 할지 잘 모르 겠다.

내가 아빠라면 나에게 뭐라고 말해줄까?

시바, 대답은 간단했다.

"진서가 하자고 하니까 같이 해, 둘도 없는 친구잖아."

-해볼게. 내가 뭘 어떻게 하면 좋을지 알려줘.

진서에게 톡을 보냈다.

-역쉬! 넌 내 친구!

친구라는 말이 우리에게 아직 남아 있었다.

07
레스큐유(Rescue You)

"애초에 사고가 나게끔 되어 있었네."

"침몰 원인이 한두 가지가 아니야."

"그러게."

책방 곡비는 그야말로 세월호 자료실이었다. 석현이와 나는 일주일째 틈만 나면 곡비에서 만나고 있다. 나는 주로 오전에 센터에서 수업하고 오후에는 곡비로 온다. 석현이는 코로나 때문에 학교 수업이 들쭉날쭉인데다 알바 시간이 갑자기 바뀔 때도 있어서 가끔 엇갈리기도 하지만 이번 주는 초딩 때처럼 자주 붙어 있었다. 인터넷을 검색하고 서가에 꽂혀 있는 세월호에 관한 책들을 뒤적였다. 오늘은 기본적인 배의 구조 같은 걸 찾아보고 있었다.

거의 매일 트레이닝복을 입고 있던 책방 아저씨가 오늘은 청바지에 베이지색 재킷을 입고 있었다. 우리가 오면 항상 그렇듯이 우유가 든 따뜻한 커피와 브라우니 같은 간식을 테이블 위에

놀려 놓으며 말했다.

"제가 오늘은 볼일이 좀 있어요. 세 시간 정도 후에 돌아올 거예요. 두 사람은 자유롭게 책 보고 음악 듣다가 가요."

"어? 그럼 책방은요? 손님 오면 어떡해요?"

석현이가 물었다.

"하하, 그냥 손님한테 맡겨요. 책이 있는 공간이니까 알아서 이용할 거예요."

"저희가 잘 지키고 있을게요. 일 보고 오세요."

내 말에 석현이가 걱정을 앞세워 또 물었다.

"아무도 없을 때 누구 오면 어떡해요? 도둑 들면요?"

"하하, 훔치고 싶은 책이 있을까요?"

아저씨가 자리를 비우자 책방은 다른 공기가 흘렀다. 약간 허전한 듯 하면서도 묘한 책임감이 생기면서 더 친근한 공간이 되었다. 출입문과 카운터가 서로 마주 보고 양옆은 벽 전체가 책꽂이인 단순한 구조였지만, 한가운데에 오래된 나무로 만든 듯한 둥그런 테이블과 난로 덕분에 편안하고 아늑했다. 나는 우리가 주인이 된 듯한 기분이 들었다. 꼭 대학을 가지 않아도 나중에 이런 공간을 마련해 뭔가 재미있는 일을 해도 좋겠다는 생각을 했다. 누가 들어올까 봐 약간 긴장했지만 나는 곧 서가에서 자료 찾는 데에 집중했다.

나는 우리가 만들 게임의 배경인 세월호가 어떤 배인지 알아
보기 위해 책 몇 권을 빼들고 테이블 앞에 앉았다. 서가에는 세
월호에 관련된 책들과 함께 해양 안전, 해양경찰실무, 배의 구조
등에 관한 책들이 꽤 많았다. 큰 배일수록 구조는 굉장히 복잡했
다. 대형 여객선들은 웬만해선 기울어지고 가라앉고 할 만큼 허
술한 배가 결코 아니었다. 바다 위를 다니는 대형 호텔 건물이었
다. 주차장은 물론 식당, 카페, 쇼핑몰도 있는 바다 위의 빌딩.

"석현아, 이거 봐봐. 무거운 화물을 너무 많이 실어서 과적 상
태인데다가 그걸 단단히 고정시키지도 않았어. 안전벨트를 안
맨거나 마찬가지지."

"어, 나도 인터넷에서 봤어. 엘리베이터도 정원 초과되면 삐
소리 나고 문 안 닫히는데, 배가 가라앉을 정도로 화물을 많이
실으면 어쩌라고! 그리고 여기저기 막 불법으로 고치면서 증축
인가 개축인가, 아, 말하다 보니 빡치네. 시바, 그런 걸 많이 해서
배가 애초에 안전하지 않았더라구."

"헐! 이거 봐봐."

나는 보고 있던 책을 석현이 앞으로 내밀며 말했다.

"새꺄, 너 벌써 한 시간도 넘게 '이거 봐봐' 소리 백 번은 한 거
알아?"

"앞으로 백 번 더 할 거야. 세월호 진상규명에 대해 하나하나
조사해야 하는 문제가 이백 가지가 넘는데."

"아, 이 새끼 또 모범생 진지벽 도졌다. 그걸 왜 일일이 다 들여다보고 있냐! 우리는 전원 구조를 목표로 게임 시나리오를 짜기로 했잖아."

나는 석현이가 뭐라 하든 말든 배에 대해 계속 말했다.

"이건 진짜 대박 무서운 건데, 배에 물이 새어 들어올 수 있는 구멍들이 막 여기저기 뚫려 있었대. 절대 물이 새면 안 되는 맨 아래층 기관실 쪽 구멍이 모두 열려 있었다는 거야."

"왜? 실수로? 누가 일부러 열었나?"

"그건 모르지."

"그러니까 그냥 구조 시나리오나 짜자구."

"석현아, 나는 세월호가 어떻게 생겼는지, 왜 배가 기울어졌고, 왜 그렇게 빨리 침몰해버렸는지를 알아야 시나리오도 구상할 수 있을 것 같아. 배의 맨 아래층 기관구역과 연결된 여기저기가 막혀 있어야 하는데 그런 구멍이 기관실까지 다 열려 있었던 이유가 뭘까? 대형 배는 침몰하더라도 중요 구역에 물이 새는 것을 막아주는 장치가 있고, 버튼 하나로 자동으로 열고 닫고 다 한대. 이게 다 열려 있으니까 물이 그렇게 빨리 들어와서 그냥 순식간에 침몰해버린 거잖아. 왜 열어놨지?"

"그건 모르지. 그리고 그게 침몰 원인인지 아닌지도 모르잖아. 조사할 게 이백 개가 넘는다며? 그러니까 진상규명을 하라는 건데, 다들 너처럼 왜 그러지? 왜 그러지? 시바, 의문은 있는데 속

시원히 대답하는 사람이 없으니까 문제 아니냐."

"그러게. 잠 자기 전에 집안 문단속하는 것처럼 점검해야 하는데 관리 감독하는 사람들이 제대로 확인하지 않았나 봐. 아니면 누가 일부러 열었거나."

"설마 누가 일부러 열었겠냐? 중간에 열렸을 수도 있지."

"장비 없이 못 여는 거래. 그러니까 고의인지 실수인지 다 조사해야 돼. 이백 가지 전부 다."

"몇 년씩 시간 계속 지나고 배는 녹슬고. 이백 가지가 다 밝혀지겠냐. 시바."

"배에 대해서는 잘 모르지만 그래도 그날 아침에 뉴스 보면서는 당연히 다 구한 줄 알았는데. 못 구한 것도 이해가 안 되지만, 구하지도 못했으면서 전원 구조라고 뉴스 뜨던 거. 난 그게 진짜 대박 황당했어. 어떻게 구조하는지가 너무 너무 궁금해서 뉴스를 뚫어져라 보고 있었거든."

"…"

석현이가 갑자기 입을 다물었다. 이럴 때 나는 곧바로 안다. 아빠 생각 하는구나. 그날 아침, 아빠를 잃었다는 사실을 떠올리고 있다는 것을. 나도 더 이상 아무 말 하지 않았다. 나 역시 세월호 이야기만 나오면 자연스레 입을 다물었고, 그 순간부터는 귀마저도 저절로 닫히곤 했기 때문에.

그런데 신기하게도 센터 아이들과 여기 곡비 책방에 드나들며 세월호 기억 행동 콘텐츠 창작 작업을 하기로 하면서부터, 세월호 문제를 맞닥뜨리는 것이 두렵지 않기 시작했다. 죽은 사람들을 살려내고 싶다는 강렬한 욕구가 다른 것들을 압도해 버렸는지도 모르겠다. 이 게임에 성공하면 우리 아빠도 살려낼 수 있지 않을까.

"진서야, 너 그거 모르지… 그날…우리 아빠…"

"너희 아빠 뭐?"

"사실 우리 아빠는 네 아빠처럼 현장에서 즉사한 게 아니야. 엄마는 아빠가 화상을 입어 응급실로 간다며 나갔어. 아빠가 조금 다친 정도인 줄 알았어. 한참 있다가 엄마한테 전화가 왔는데, 아빠가 수술을 해야 한대. 수술을 할 수 있는 전기화상 전문병원으로 옮겨가는 중이라고. 그런데 그만…. 누구 잘못인지 모르겠지만…골든타임을 놓쳤다고 하더라."

"몰랐어."

"나도 그 이상은 잘 몰라. 어른들이 우리한테는 자세한 얘기를 안 해주잖아. 사실을 알까 봐 쉬쉬하기만 하고."

"너네 아빠한테는…골든타임이라는 게… 있었구나…"

"세월호 희생자 생각하면 시바, 진짜 원통한 게, 뭐 배에 문제가 있었다고 치자. 하지만 사고 나자마자 골든타임을 놓친 게 아니라 해경이 아예 안 구한 거잖아. 골든타임을 그냥 버린 거잖아. 그걸 또 방송은 전원 구조했다는 오보까지 내보내고. 미친 거 아냐? 유가족들은 내 새끼, 내 새끼, 하며 까무러치고 있는데. 그런 걸 실수라고 할 수 있을까?"

골든타임.

석현이한테는 내게 없는 아픈 단어가 하나 더 있었다는 걸 이제야 알았다. 미안했다. 이런 사실도 모른 채 몇 년간 석현이와 그렇게 거리를 두고 지냈다니. 석현이도 나도 서로를 향한 엉뚱한 분노와 외로움에 사로잡혀 중학교 시절을 황폐하게 흘려버리고 말았다. 어쩌면 그 시절은 아빠를 잃은 고통에서 서로를 구해줄 수 있는 골든타임이었을지도 모른다.

골든타임.

우리가 앞으로 인생을 살아가며 맞닥뜨리는 위기마다 골든타임이 존재하고 있다면, 우리는 그걸 어떻게 알아볼 수 있을까. 때를 놓치고 돌아보며 그때가 골든타임이었음을 깨달으며 후회하지 않는 방법은 무엇일까. 지금 이 순간이 어떤 위기 앞의 골든타임은 아닐까.

"석현아, 세월호 진상규명, 어쩌면 지금이 골든타임일지도 모른다는 생각이 든다."

"지금이?"

"응. 네 얘기 듣고보니 희미한 빛이라도 있을 때가 바로 골든타임이라는 생각이 들어. 네 아빠를 수술할 수 있었던 시간, 세월호 구조를 할 수 있었던 시간들이 그런 시간이었지. 불가능에 가깝다고 하더라도 어쨌든 가능한, 조금이라도 희망이 있는 시간."

"그건 그렇지."

"세월호 진상규명과 관련자 처벌은 반드시 해야 하고, 할 수 있는 거니까 요구하는 거잖아. 만약 이러다 어느 시기에 완전히 불가능한 일이 되어 버려서 포기할 수밖에 없을 때가 온다면, 지금이 바로 진상규명의 골든타임이었다고 생각하게 될 거 같아. 공소시효인가? 뭐 그런 것도 있잖아."

"아, 공소시효! 시간 지나면 땡! 이제 넌 무죄야. 이거? 세월호 사건도 공소시효가 있을까?"

"응. 얼마 안 남았대. 다형이가 말해줬어. 공소시효 지나면 진상규명이고 뭐고 없나 봐."

"황당한 건, 세월호 사건이 이렇게 오랫동안 진상규명을 못할 거라고 아무도 생각 못한 거야. 내가 얼마 전에 우연히 어떤 인터넷 기사를 봤는데, 세월호 사건 100일이 지나도록 아직도 진상규명을 못했다고 한탄하는 기사였다. 2014년도 그때. 그때도 한참 늦었다는 거였는데, 아직도 달라진 게 없으니 답답한 거지."

이런 이야기를 주고받고 있자니 일종의 의협심이랄까 사명감 같은 것이 마음 깊은 곳에서부터 점점 솟아오르기 시작했다. 석현이는 조급증이 다 생긴다고 뭐라도 빨리 하고 싶다고까지 했다.

우리는 세월호가 기울기 시작해서 침몰하기까지의 과정을 정리하는 것부터 시작하기로 했다.

우리의 시나리오에서는 배가 침몰하기 전 골든타임을 놓치지 않고 전원 구조해야 하기 때문에 이 게임은 철저히 시간 게임이 되어야 한다는 데 둘 다 흔쾌히 동의했다.

나와 석현이는 배에 대한 아무 지식도 없는 상태였지만 배가 기울어지는 사고가 났을 때 어떻게 해야 하는지 단순하게 생각해보았다. 게임이 시작되면 플레이어가 구조 작업을 하기 위한 기본 스테이지에서 어떤 플레이부터 펼치기 시작해야 하는지 결정해야 하니까.

배에 탄 사람들이 개별적으로 알아서 상황을 수습할 수는 없을 것이다. 무조건 승무원이 빠르게 대처를 시작해야 한다. 일단 승무원은 해경이든 어디든 구조를 할 수 있는 기관에 바로 구조를 요청하고, 승객들에게 안내 방송을 하는 게 첫 번째 순서일 것이다. 구명조끼를 착용하라고 안내하고 배의 가장 높은 곳이나 가장자리 난간 같은 데에 대기시켰다가 헬기와 구조선이 오면 승객들의 구출을 돕고 맨 마지막으로 배에서 나온다.

여기까지가 내가 5학년 때 그날 뉴스를 보며 기다리고 상상했던 구조 장면이었다. 전원 구조했다는 뉴스 자막을 보며 다행스럽게 생각했지만, 한편 급박하고 아슬아슬했을 구조 장면을 보지 못한 것은 못내 아쉬웠다. 배가 기울어져 침몰하고 있는 것을 생중계하면서 왜 전원 구조하는 장면을 보여주지 않는지 궁금하고 김이 샜다. 그때의 내 마음은 그랬다.

헬기가 오면 먼저 구조해달라고 아우성 치는 사람도 있을 수 있고, 질서를 안 지키고 승무원 안내에 따르지 않아 구조 작업에 방해가 되는 사람도 있을 수 있다. 또 구조 속도에 비해 배가 너무 빠르게 침몰하여 훨씬 더 위험한 상황이 되어 버린다든지, 이미 물에 빠져버린 사람들을 구조하기 위한 잠수 작업이 펼쳐진다든지 하는 장면을 그려보고 있었다.

하지만 전원 구조했다는 뉴스가 오보일 거라고는 상상도 하지 못했다. 나는 장례식장에서 그 사실을 뒤늦게 알았고, 오보라는 단어가 무슨 말인지조차 헤아려 볼 수도 없는 상태였다. 그때 나는 아무 일도 없었다는 듯이 밥을 먹고 학교와 학원을 오갔지만, 지금 생각해보면 내용물이 다 빠져나간 빈 유리병처럼 생각이나 마음은 텅 빈 채로 딱딱하게 굳어 있었다.

세월호는 왜 침몰했을까, 왜 구조를 못 했을까, 왜 전원 구조라는 오보가 방송으로 나갔을까 하는 궁금증을 한 번도 가져보지 않았다. 늘 배가 지나다니는 항구 도시에 살다 보니 그냥 교통사고처럼 느껴졌다. 아빠가 죽던 날, 한쪽에서는 저런 사고도 있었지. 그게 다였다.

어제저녁을 먹으며 엄마는 세월호에 대해 아는지 물어보려다 말았다. 엄마와 내가 약속이라도 한 것처럼 세월호라는 단어는 우리 집 금기어가 되어 있었다. 세월호 이야기는 곧바로 아빠를 생각나게 만들었고, 아빠에 대한 애통함은 엄마와 나의 마음을 쓸쓸하고 초라하고 억울하게 만들었기 때문이다.

언제 어디서나 안전사고는 일어날 수 있다고 쳐도, 구조하지 못한 것과 잘못된 뉴스 보도는 이해하기 힘들다. 기자들은 취재하고 그 내용을 정리해서 기사나 방송으로 내보내는 직업인데, 직접 확인하지 않은 사실을 보도했거나 거짓말을 한 셈이다. 기자들이 기레기 소리를 듣는 것도 당연하다. 중학교 다닐 때 희망 직업 조사 결과에서 교사, 의사, 경찰, 유튜버, 요리사 등이 인기를 차지할 때 기자나 대통령은 눈에 띄지 않았던 것도 어쩌면 세월호가 은연중에 영향을 끼쳤기 때문일지도 모르겠다.

사실을 정확하게 파악하고 제대로 보도했더라면 세월호는 전혀 다른 사건이 되었을 텐데. 304명의 희생자가 생겨버린 대형 참사가 아니라 어쩌면 누군가의 표현처럼 교통사고로 그쳤을지도 모른다. 세월호 전원 구조 오보는 단순한 실수가 아니라 무책임하게 사람을 죽이는 무시무시한 살인 행위가 되어버렸다. 지금도 매일 퍼져나오는 뉴스들이 과연 전부 사실일까 의심스럽다.

석현이가 찾은 자료와 내가 찾은 자료는 1~2분 정도의 시간 차이는 있었지만 거의 비슷했다.

처음 배가 급하게 방향을 틀면서 기울어진 건 아침 8시 49분이었다.

단원고 학생이 "살려주세요, 배가 침몰할 것 같아요" 하며 최초로 119에 신고한 게 8시 52분.

그리고 3분 뒤인 8시 55분에 죽음의 명령이 시작되었다.

"선 내에서 움직이지 마시고 가만히 있으라."

이 안내 방송은 몇 번이나 더 반복되었고, 10시 30분에 세월호는 배의 앞머리만 남긴 채 침몰해버렸다.

"와~ 이거 딱 100분 게임이네."

석현이가 놀라워했다.

"글쎄 말야. 일부러 게임 줄거리 만들려고 100분으로 정해놓은 것처럼."

해경이 9시 반 정도에 도착해 선장과 일부 선원만 구조한 채 1시간이 지난 후 배는 침몰해버렸다. 그러는 사이 항해사, 해양경찰, 해상교통관제센터, 국가정보원, 청해진 해운, 해경 상황실, 해양 수산부, 청와대 등이 연락만 잔뜩 주고받고 있었다.

내가 아깝게 생각되는 건 해경이 도착하기 전에 근처를 지나던 유조선이 있었다는 점이다. 둘라에이스호가 구조요청을 받고 도착해 승객들을 배에서 탈출시키라고 했는데도 선장은 말을 듣지 않았다. 만약 둘라에이스호를 대기시키고 세월호 승객들을 바다로 뛰어내리게 했으면 500명 정도는 충분히 올라탈 수 있는 규모의 큰 배였다고 했다.

승객들은 그대로 두고 선장만 해경의 배로 옮겨 타던 순간에도 이동하지 말고 가만히 있으라는 방송은 계속 나오고 있었다. 그러고보니 나는 잘못 알고 있었다. 당연히 처음에만 가만히 있으라고 방송을 하다가 나중에 선장과 선원들이 먼저 구조되었다고 생각했지, 그들이 탈출하고 있는 순간에도 승객들에게는 가만히 있으라고 안내했다는 사실이 너무 충격이었다. 놀라운 사실이야 한두 가지가 아니었지만 말이다.

승객들을 탈출시키지 않은 것 다음으로 내가 납득하기 어려운 건 전원 구조라는 보도였다.

해경이나 경찰 윗선에서 누군가가 언론에 잘못된 정보를 흘렸을 가능성이 크지만 기사를 쓴 기자들이 누구에게 들은 정보인지 말하지 않고 있으니 알 수가 없다. 기자들에게는 취재원 보호의 의무가 있다고 한다. 정보를 보낸 사람이 희생자들의 생명보다 중요한지 이해할 수 없다.

"시바, 기자들이 믿고 받아 적을 만한 권한과 책임을 가진 사람이었을 거 아냐. 그런 사람이 실수를 할 리가 없잖아?"

"석현아, 나는 그렇게 다급한 상황에서 누가 일부러 가짜 정보를 퍼트렸을 거 같지는 않아. 난 도저히 그렇게 이해하고 싶지는 않다. 현장 상황실과 소통이 잘못되거나 실수를 한 건 아닐까?"

"그랬으면 누가 어느 시점에 실수한 건지를 밝혀야 할 거 아냐, 아으, 답답해!"

"내 말이! 뭐 하나 정확하게 설명하는 게 없으니까 자꾸 이런 상상 저런 의심만 많아졌어."

"왜 배가 기울어지고 침몰했는지도 몰라, 해경이 왜 안 구했는지도 몰라, 누가 오보를 퍼트렸는지도 몰라, 그 시간에 대통령 뭐하고 있었는지도 몰라, 모르는 것투성이!"

석현이와 내가 곡비에서 아무리 많은 자료를 찾아내도 진실을 알아내기는 불가능했다. 물론 우리가 진상규명을 하자고 시작한 건 아니었지만 하나씩하나씩 들여다보면 볼수록 의문이 꼬리에 꼬리를 물어 답답하기만 했다. 특히, 전문적인 지식을 동원해야만 알 수 있는 사실들이 많아서 더 이상의 조사는 우리에게 불필요하다는 결론을 내렸다. 어쨌든 분명한 건 대부분 전문가들의 의견에는 '이해하기 어려운, 납득할 수 없는, 좀처럼 불가능한' 등등의 의견이 덧붙여져 있었다는 사실이다.

"일단 게임 제목은 '레스큐유'로 하는 거 어떨까?"

내가 생각해낸 게임 제목을 석현이에게 말했다.

"모야, 영어냐? 무슨 뜻인데?"

"레스큐(Rescue). 구조한다는 뜻이야. 유(you)를 붙여서 당신을 구하겠다는 거지. 어때?"

"개좋아!"

"이제 우리가 구조해야 할 희생자들의 당시 상황과 배의 환경을 조사해서 전체적인 구조 시나리오를 구상하자."

내가 작업을 체계적으로 하려고 하자 석현이가 귀찮다는 듯이 말했다.

"아, 나 이제 골 아픈데. 꼭 그렇게까지 할 필요가 뭐 있어. 게임인데."

"그래야 리얼하지."

"게임이 뭐 꼭 리얼해야 하나. 그냥 간단하게 하자. 이건 어때?"

석현이는 휴대폰을 열고 잠시 손가락을 놀리더니 말했다.

"카톡 보냈어. 열어 봐."

학생1 승무원1 선생님1 알바1 일반인1

5인 1팀 1game play time =100분

각자 1인칭 시점에서 08:49 시각부터 게임 시작.

플레이어는 서로가 게임 구성원인 것을 알 수 없음.

게임 내 다양한 이스트에그 존재를 만들어 특정 행동을 취했을 때 벌어지는 숨겨진 특별한 상황을 계속해서 발생시킴.

주변 사물과 모든 승선자와 각종 커뮤니케이션 가능하게 장치.

정해진 시나리오는 실제 상황을 바탕으로 하되 플레이어들의 기여에 따라 모든 상황은 얼마든지 변화 가능함.

시간대별 선 내 방송과 특정 인물의 행동 등을 통해 시나리오에서 벗어났다는 것을 확인할 수 있게 함.

10:30 기준 전원 구출 시 최종 엔딩 도달

"와~! 대~~~박!"

나는 휴대폰 화면과 석현이 얼굴을 번갈아 쳐다보며 몇 번이나 감탄을 연발했다.

"아니 언제 이렇게 만들었어?"

"내가 게임은 좀 하지, 으흠!"

석현이가 양 어깨를 으쓱거리며 만면의 미소를 지었다.

"와~! 스릴 있고 재밌어. 이거 게임 회사에 넘겨서 실제로 만들어도 되겠다."

"아직 구체적인 것도 하나도 없는데 뭘 그리 감동까지 하고 앞서 나가시나? 사람 교만해지게시리!"

"아냐, 진짜 좋아, 개좋아!"

"오~ 우리 진서 많이 컸네. 개좋아 이런 말도 할 줄 알고. 히히. 근데 코로나 언제 끝나나. 피시방 라면 졸라 먹고 싶다아아아."

"피시방은 못 가도 아저씨 오시면 라면은 먹으러 가자. 내가 쏠게!"

"가만, 아저씨 오실 시간 지나지 않았나? 아까 세 시간 정도 걸린다고 하신 거 같은데?"

"생각보다 늦으시나 보네. 좀 기다리지 뭐."

"나 알바 가야 되는데. 배고프다."

책을 사러 들어오는 사람은 없었다. 우리는 이삼십 분 정도 더 기다리다 책방을 비워둔 채로 나왔다. 봄비가 소리도 없이 촉촉하게 내리고 있었다. 골목은 조용했다. 무음으로 설정해 놓은 동영상 같았다. 책방으로 돌아가 남는 우산이라도 찾아보려다 우리는 뜨끈하고 얼큰한 라면을 먹을 생각에 마음이 급해 우다닥 뛰기 시작했다.

책방 골목을 빠져나가면 차도와 접한 길이 가로지르고 있다. 왼쪽으로 꺾어지면 내가 다니던 중학교가 나오고, 오른쪽으로 꺾어지면 고만고만한 가게들이 드문드문 계속 이어지며 점점 복잡한 사거리가 나온다. 중학교 옆으로 10분 정도 걸으면 라면집이, 사거리 쪽으로 10분 정도 걸으면 석현이가 일하는 편의점이 있다. 석현이는 알바 시간 때문에 왼쪽이냐 오른쪽이냐를 두고 갈팡질팡했지만 결국 왼쪽을 선택했다.

"편의점 라면은 지겨워!"

석현이의 지각을 무릅쓰고 우리는 왼쪽으로 꺾어져 중학교 옆에 있는 라면집으로 향했다.

학교 담장 펜스를 따라 빠르게 걷고 있는데 누군가 차도를 향해 인도에 걸터앉아 있는 게 보였다. 비가 많이 내리지는 않았지만 우산도 없이 웅크리고 있었다. 우리는 그가 책방 아저씨라는 걸 동시에 알아보았다.

"뭐야! 왜 저기서…"

우리는 누가 먼저랄 것도 없이 달려갔다. 잘못 본 것이기를 바라면서.

책방 아저씨는 공포에 질린 사람처럼 두 손으로 머리를 감싸 쥐고 팔꿈치는 무릎에 의지한 채 얼굴을 푹 파묻고 앉아 있었다.

"아저씨!"

우리는 가까이 다가가 조심스럽게 불렀다.

고개를 드는 아저씨의 얼굴은 눈물로 범벅이 되어 있었다.

"아니, 아저씨 왜 여기서 이러고 계세요?"

차들이 인도 가까이 달리고 있어서 위험했다. 비를 많이 맞아서인지 온몸이 축축하게 젖어 있었다. 별로 추운 날씨가 아니었는데도 몸을 심하게 떨며 숨을 몰아쉬었다. 우리는 양쪽 팔을 잡아 부축하면서 일으켜 세웠다.

"…"

아저씨는 우리에게 아무 말 하지 않고 그저 몸을 맡긴 채 의지했다.

"걸을 수 있겠어요?"

"…네…헉헉."

"진서야, 우선 책방으로 빨리 가자. 감기 걸리시겠어."

"응."

아저씨는 우리가 양쪽에서 부축하고 걷는데도 다리에 힘이 없는지 중심을 잡지 못하고 비틀거렸다. 술 냄새 따위는 전혀 나지 않았지만 우리도 함께 이리저리 휘청거릴 정도였다. 누가 보면 학생들 셋이 무리 지어 대낮부터 술에 취해 돌아다니는 것으로 생각했을 것이다.

그러나 비틀거림도 잠시, 몇 걸음 걷지 못하고 멈추었다. 아저씨는 가슴을 부여잡고 숨을 쉬기 어려워 하며 씩씩거렸다. 얼굴은 눈물과 진땀과 빗물로 점점 더 엉망진창이 된 채 일그러졌다.

"석현아, 안 되겠다. 119 부르자."

우리는 119 대원이 전화로 지시하는 대로 학교 담장 펜스에 아저씨를 기대어 앉혔다. 편하게 숨을 쉴 수 있도록 셔츠 단추를 몇 개 풀고 떨고 있는 어깨와 손을 문질렀지만 아저씨는 굉장히 불안정하고 다급한 숨을 짧게 헉헉거렸다. 가까스로 숨을 한번 들이마시고 내쉴 때마다 온몸의 모든 힘을 총 동원하느라 몸이 앞뒤로 크게 움직였다. 다행히도 구급차는 금방 도착했다.

병원문을 나섰을 때 밖은 이미 어두워진 후였다.

비는 그쳐 있었다.

죽은 사람들을 살려내는 게임이 과연 의미가 있을까. 책방 아저씨와 함께 아수라장이었던 병원 응급실을 빠져나올 때부터 줄곧 든 생각이었다. 세월호 참사로 고통을 겪는 사람들을 더 고통스럽게 하는 짓일지도 모른다는 불안이 처음으로 고개를 들었다. 나와 같다고 생각했는데, 내가 아빠를 잃은 고통과는 아무래도 다른 종류인 것 같다. 다른 사람의 고통을 알고 이해하는 일은 거의 불가능에 가깝다는 생각이 든다.

석현이와 아빠에 대한 이야기를 조금씩 나눌 수 있게 되었을 때도 나는 여전히 뭔가 어긋나는 기분이었다. 석현이는 죽은 아빠보다 엄마나 자기 자신의 고통을 더 크게 생각했다. 나는 나나 엄마보다 죽은 아빠가 더 불쌍했다.

"아빠가 죽을 때의 그 끔찍한 고통을 우리가 어떻게 상상이나 할 수 있겠어?"

언젠가 내가 말했을 때 석현이는 불편한 내색을 감추느라 애쓰며 설명했다.

"물론 맞는 말이다. 나도 죽은 아빠가 불쌍하지 않은 것은 아니지만 아빠가 죽고 나서 해결해야 할 너무 많은 문제들을 끌어안고 해결해가며 살아내야만 하는 엄마와 내가 더 불쌍해."

나도 석현이의 상황을 이해하지만 아무렴 죽은 사람의 고통만 할까 싶었다.

"죽은 사람들은 어디로 가는 걸까. 너무 궁금해서 가슴이 아플 지경이야. 낯선 어딘가에서 혼자 외롭게 있을 아빠를 생각할 때마다 멀쩡하게 살아있는 내가 미워져."

"진서야. 이 말에는 동의할 수가 없다. 나는 아빠가 죽어서 낯선 어딘가로 갔을 거라는 생각이 들지 않아. 그냥 생명이 끝난 거지. 아빠의 모든 게 멈추고 사라진 거야. 진서 네가 맞다고도 내가 맞다고도 할 수 없지만 확실한 건 우리는 엄연히 고통을 느끼며 살아가고 있다는 사실이야."

그런 대화를 나눈 기억이 떠오르면서 지금 책방 아저씨가 느끼는 고통은 어떤 것일까 생각해봤다. 희생자나 유가족과는 다른 종류의 고통. 나는 가급적 책방 아저씨를 아무렇지도 않은 것처럼 대하려고 애썼지만 불안한 마음을 감출 수 없었다. 슬금슬금 눈치를 보듯 아저씨한테서 눈을 떼지 않았다.

구급차를 타고 응급실에 갔을 때 병원에서 공황장애라는 말을 들었다.

"그래도 응급실에 오신 건 오랜만이잖아요. 괜찮아요. 호전되고 있는 거예요."

의사도 간호사도 이미 책방 아저씨의 상황을 잘 알고 있었다.

"놀랐죠? 두 사람 오늘 너무 고마웠어요."

병원에서 아저씨는 멋쩍게 웃으며 말했다. 우리는 마음을 놓을 수 없어 책방까지 다 함께 왔다. 책방 아저씨는 아무 일도 없었다는 듯이 음악을 틀고 차를 끓였다. 석현이는 병원 갔을 때 편의점에 오늘 출근하지 못한다고 연락을 해놓았으니, 우리가 오늘 밤 내내 곡비에서 아저씨와 함께 있어 드리면 어떻겠냐고 했다. 물론 나도 그럴 생각이었다. 아저씨는 바싹 말린 로즈마리 잎을 찻잔에 담았다. 뜨거운 물을 천천히 따르며 나직하게 말했다.

"원래… 나는 해경이었어요."

나는 너무 깜짝 놀랐다. 석현이도 마찬가지였다.

"나…사실, 세월호 당시 현장에 있었어요."

나는 아무 말도 할 수 없었다. 자세히 물을 수도 없었다. 순간적으로 처음 책방 곡비에 와서 세월호 콘텐츠 창작 포스터를 보게 되었을 때의 기억이 스쳤다.

"그 트라우마 때문에 공황장애가 생겼어요. 오늘은 상담 센터에서 미술 치료를 하는 날이었는데, 내가 자꾸 세월호 배 그림을 그리고 있더라구요. 의사 선생님은 상처를 외면하지 않고 정면으로 보기 시작했다며 호전되고 있다고 했어요. 그런데 그 소리도 반갑지 않고 괴롭더라구요. 과연 내가 호전되어도 되는 걸까 싶어서요."

우리는 그저 묵묵히 듣기만 했다.

해경이었던 그는 세월호 침몰 당시 담당하고 있는 업무가 따로 있었지만 무시하고 진도 팽목항으로 달려 갔다. 해경들의 구조 작업이 제대로 이루어지지 않는 현장 상황이 너무 참담했다. 지시와 보고도 없이, 상명하복의 위아래도 없이, 이리 뛰고 저리 뛰며 개인 행동을 해버렸다. 경비정을 있는 대로 띄우라고, 빨리 퇴선 명령을 하라고 목이 터져라 소리 지르고 다녔지만 소용없었다. 끝끝내 배는 침몰했고, 바다 속으로 가라앉는 배 안의 희생자 한 명 구조하지 못했다. 그러고도 지옥 같은 그곳에서 옷 벗을 각오로 며칠을 매달렸다. 결국 해양 업무에서 밀려났다. 육상으로 비상 발령이 났고 업무를 전혀 받지 못했다.

정작 문제는 그런 사정이 아니라 공황장애였다. 사고 현장에서 눈으로 본 장면들이 계속해서 떠올랐고, 유가족들에 대한 죄책감으로 잠을 잘 수도 음식을 먹을 수도 없었다. 갑작스럽게 분노가 치밀어 올라 누구 하나 죽여버리기라도 해야겠다는 살의가 번뜩거릴 때도 있었다. 그러다 갑자기 죽을 것 같은 슬픔에 휩싸여 통곡하며 울 때도 있었다. 가끔은 지극히 마음이 평온하기도 했는데, 아무 일도 없었던 것처럼, 모든 것이 그저 하룻밤 꿈이었던 것처럼 평화롭게 느껴지며 정신이 멍해지는 등 해리현상이 나타나기도 했다.

세월호 참사 1주기가 되던 날, 잠을 자려고 누웠다가 극심한 호흡 곤란으로 응급실에 가게 된다. 이것이 첫 공황 발작이었다.

이후 몇 주에 한 번 몇 달에 한 번씩 호흡 곤란이, 때로는 구토나 어지럼증이 일어났다. 응급실을 드나들고 신경정신과 치료와 상담을 받게 되었다. 이 과정에서 결국 사직서를 냈고 아내와도 이혼했다. 가족들은 모두 고향인 강원도에 있다.

　우리가 중간에 한 번도 말을 하지 않았기 때문에 아저씨의 고백은 혼잣말처럼 이어졌다.

"지난번에 두 사람 대화 중에 얼핏 아버지가 돌아가신 것 같았는데, 맞죠?"

나는 갑작스러운 질문에 당황했다.

"네, 얘네 아빠랑 우리 아빠가 같이 일한다요."

석현이가 굳은 표정으로 입술을 달싹거리며 대답했다.

"누군가 죽고 나면, 살아남은 사람들이 가장 괴로워하는 게 뭔지 두 사람은 알겠네요."

잠시 침묵이 흘렀다.

"미안함이에요. 그게 나를 너무 힘들게 해요. 사람이 죄책감 때문에 죽을 수도 있다는 걸 알게 됐어요."

석현이도 나도 여전히 어떤 말도 할 수 없었다. 아빠가 죽어서 슬픈 것보다도 아빠가 죽어서 아빠한테 미안한 게 더 많았다. 나는 살아야 하는데 살아 있는 것조차 미안해서 죽을 지경인 거. 그 미안함. 나는 안다.

"네, 알아요. 저는 우리 아빠 아들이 하필 나 같은 새끼인 것도 미안한 적이 있었어요."

석현이의 말이 아파서 나는 한숨이 나왔다. 아저씨가 다시 천천히 물었다.

"곡비가 무슨 뜻인지 알아요?"

그러고보니 이 책방 이름에 대해 궁금해하면서도 물어본 적이 없었다. 음악 같은 거 작사 작곡 해주고 받는 돈이 아닐까 얼핏 생각한 적은 있었다.

나는 석현이를 쳐다봤다. 석현이도 모른다는 듯 고개를 천천히 저었다.

"한자에 따라 두 가지 뜻이 있는데요, 그중 한 가지가 대신 울어주는 사람을 뜻해요. 조선시대 때 양반이 죽으면 장례를 치르잖아요. 그때 구슬프게 곡을 하고 눈물을 뚝뚝 흘리며 우는 여자가 있었어요. 주로 천민이었는데 죽은 사람을 위해 가족들 대신 울어주고 돈을 받는 직업이었죠. 가족들은 손님 치르느라 정신없고 해야 할 일들이 많아서 마냥 울 수만은 없으니까요. 엄청 슬프게 우는 곡비(哭婢)일수록 많이 불려다녔대요. 장례식에 조문을 왔던 사람들도 너무나 슬프게 우는 곡비 때문에 덩달아 한바탕 구슬피 울다 갔겠죠. 많은 사람들이 슬프고 한스럽게 울어줄 때 죽은 사람의 영혼도 충분한 위로를 받고 좋은 곳으로 간다고 생각했던 거 같아요."

"아, 그렇구나…"

"아저씨가 왜 이런 책방을 하시는지 조금 알 것 같아요."

석현이가 고개를 끄덕끄덕하며 조심스럽게 말했다.

"또 하나의 곡비(曲庇)는 온 힘을 다하여, 심지어 도리를 어기면서까지 남을 비호한다는 뜻이에요. 어쩌면 해경들은 배에 있던 사람들을 구조해야 하는 당연한 도리를 어기면서까지 누군가를 비호해 버렸는지도 몰라요."

"누굴 비호한 거죠?"

내가 물었다.

"진상규명이 제대로 된다면 그게 누구인지 알게 되겠지요. 지금은 저도 몰라요. 다만 분명한 건 보고하기 바빠 골든타임을 놓치고 있는 걸 현장에 있던 사람들은 봤어요. 나중에 생존자 중에 한 분이 언론 인터뷰에서 하신 말씀이 내내 잊히질 않아요. 해경들은 구조는 하지 않고 숫자만 세고 있었다."

아저씨는 목소리가 떨리더니 말을 다 잇지 못하고 눈자위가 붉게 물들었다.

"너무… 죄송하고… 답답한 일이죠. 보고하라는 요청은 계속 내려왔는데 현장 출동한 해경 인원은 너무 적었고, 해경 모든 조직이 구조보다 보고에 급급했지요. 보고를 받은 윗선에서는 보고받은 내용을 토대로 상황에 적합한 지시를 빠르게 내려야 하는데 그렇지 않았죠. 아무도 책임지지 않았어요. 결국 보고 따위

필요 없이 현장에서 눈앞에 보이는 상황에 저절로 몸이 먼저 움직인 어민들과 화물차 기사들이 실제 구조는 다 한 셈이죠."

아저씨의 말을 듣는 동안 해경이 왜 구조하지 않았는지 조금은 이해가 되면서도, 눈앞에서 사람이 죽어가고 있는데도 지시 없이는 구할 수가 없는지 이해가 되지 않았다.

"아니, 시바, 아… 해경 새끼들 진짜, 아후! 꼭 지시대로만 해야 돼요? 나 같으면 지시고 나발이고…"

석현이는 아저씨가 해경이었다는 사실을 깜빡 한 것처럼 막말을 시작했다. 나라도 석현이의 입을 막아야겠기에 한 마디했다.

"경찰이나 군인들은 다 지시에 의해서 움직이는 거잖아. 죽으라고 명령하면 죽어야 되고."

"박진서, 넌 영화를 너무 많이 봤어. 그런 게 어딨냐. 사람 목숨을 놓고."

"상명하복의 질서가 없으면 체계가 무너지고 무법천지가 되잖아."

"뭐라고!"

석현이는 아까부터 조금씩 흥분해서 씩씩거리더니 내 말에 갑자기 터진 폭탄처럼 마구 소리를 질렀다.

"그래! 그래! 그, 그, 질서와 체계 때문에 법대로! 법대로 하느라 비정규직인 우리 아빠는 그냥 개죽음이 돼버렸다고, 시바. 보상은 둘째 치고, 일하다 죽은 건데도 아무도 책임지지 않았고 아무도 사과하지 않았어! 그게 시바, 질서고 체계고 법이냐, 시바!"

나는 당황해서 어떻게 해야 할지 몰랐다.

"석현아, 진정해. 내 말은 그런 뜻이 아니고…"

"시끄러 이 개새끼야, 너처럼 생각하는 존나 개또라이 새끼들 때문에 세월호도 이렇게 된 거야!"

석현이는 벌떡 일어서서 밖으로 나가려고 했다. 책방 아저씨가 얼른 쫓아가 붙잡았다.

"그러지 말고 앉아 봐요. 이게 다 나 때문이에요. 미안해요."

나는 아저씨가 오늘 빗속에 호흡 곤란을 겪으며 병원까지 다녀온 몸이라는 사실이 떠올라 몹시 불안했다. 큰 소리를 내고 욕을 한 건 석현이었지만 아저씨한테 미안했다. 석현이는 좀처럼 화가 가라앉질 않는 것처럼 보였다. 서너 발자국만 떼면 다시 돌아서야 하는 좁은 책방 안을 왔다 갔다 하며 어쩔 줄 몰라 했다.

"앉아 봐요."

아저씨가 다시 부탁하듯이 안쓰럽게 말했다.

"진서 씨 말도 틀리지 않아요. 석현 씨가 화가 나는 것도 당연하구요. 문제는 질서와 체계, 보고와 지시 그 자체가 아니에요. 그 뒤에 무엇이 있느냐 하는 거예요. 본질적인 문제지요. 전쟁이라면 전쟁의 승리가, 재난 사고라면 구조가 본질이고 목적이겠죠. 그러나 지시와 보고 뒤에 권력을 유지하거나 강화하는 게 더 우선시 되어버리는 경우도 많아요. 결국 현장에서 근무하던 사람들이 모든 잘못을 뒤집어쓰게 되구요. 구조하러 갔던 사람이든 탈출해서 살아남은 사람이든 현장에 있던 사람들은 고스란히 죄책감 속에서 죽지 못해 살아가요. 나는 그게 너무 무서웠어요."

나는 기가 막혀 할 말을 잃었다.

내가 믿고 있던 견고한 울타리가 와르르 무너져 내리는 기분이었다. 학교, 직장, 경찰, 군대, 나라 등 철저하게 질서가 유지되고 있으리라고 생각했던 조직에 대해 의심하는 마음이 생기고 있었다. 마음속에서 자작자작 금이 가는 소리가 들려왔다. 그럼 도대체 이런 세상을 앞으로 어떻게 살아가야 할지 암담했다. 권력이 생명보다 우선인 세상은 누가 만드는 걸까.

"모든 보고는 단계마다 상부를 향해 올라가고, 모든 지시는 상부가 내리죠. 세월호 참사가 있던 2014년 한 해에만 안전사고가 몇 가지씩 연속적으로 일어났어요. 경주 리조트 붕괴 사고, 담양 펜션 화재 사고, 판교 공연장 환풍구 붕괴 사고, 오룡호 침몰 등등. 두 사람 어렸을 때라 잘 몰랐죠?"

"다들 세월호만 이야기하니까요. 심지어 우리 아빠 장례식장 왔던 사람들도 다 세월호 이야기만 했어요."

나는 여전히 할 말을 찾을 수 없었고, 석현이는 흥분이 가라앉지 않은 말투였다.

"워낙 충격적이니까요. 희생자가 대부분 어린 학생인 대형 참사잖아요. 구할 수 있었구요. 아까 말한 다른 참사들도 세월호랑 똑같아요. 사람들이 죽고 다치거나 살아남아 트라우마에 시달리죠. 우연이 아니에요. 구석구석 허술하고 무책임한 거죠. 난 더 이상 위아래가 명확하고 지시대로만 움직이는 삶을 살고 싶지 않아요. 소위 말하는 윗선, 믿지 않아요."

아저씨는 해경으로서의 책임을 다하지 못했다는 죄책감에 대신 울어주는 마음으로 곡비를 시작한 거라고 했다. 아저씨가 곡비가 되어 구슬프게 울면 찾아왔던 사람들도 함께 슬퍼하게 되는 공간. 우리처럼 모여 게임을 만들고 유튜브를 방송하고 웹툰을 그리는 일이 죽은 이들을 위해 함께 울어주는 일이라고 말했다.

아저씨의 공황장애는 어쩌면 곡비가 되어 눈물을 한 방울 흘릴 때마다 조금씩 치유되지 않을까 하는 생각이 불현듯 들었다. 의학적으로 아무 근거도 없겠지만 왠지 그런 기대감이 생겨났다. 다른 사람을 위해 눈물을 흘리는 일이 결국 자기 자신의 상처를 다스리는 일이 될 수도 있을 것 같았다. 그런 면에서 나는, 좀처럼 울지도 않았던 나는, 다른 사람의 상처도 나의 상처도 돌봐준 적이 없다는 데에 생각이 미쳤다.

08
우리는 타인의 고통을 모르고

코로나 상황이 점점 심각해지고 있었다.

학교는 언제 개학할지 도무지 알 수 없고, 사람들은 마스크를 구하느라 거의 아귀 다툼을 하는 지경이다. 학교에 못 가는 대신 편의점 알바 시간을 늘리려고 했지만 오히려 그 반대였다. 여기저기 가게들이 문을 닫고 직장인들도 출근하지 않으면서 편의점 매출도 뚝 떨어져서 눈치가 보였다. 아니나 다를까 사장님은 알바비를 도저히 감당할 수 없어 가족들끼리 돌아가며 하겠다고 내게 양해를 구했다. 나도 사정이 어려우니 제발 봐달라고 양해를 구하고 싶었지만 그래 봤자 소용없는 일이었으므로 순순히 인사하고 나왔다.

아침이면 새벽같이 일어나 겨우겨우 학교를 가고, 학교가 끝나면 요일에 따라 편의점이나 피시방으로 직행했던 일상은 완전히 무너졌다. 아무 데도 갈 데가 없었다. 그나마 사람 없는 책방 곡비라도 있어서 천만다행이었다. 새로운 알바를 구할 때까지는 당분간 곡비에서 시간을 보내기로 했다.

나는 곡비에 들어설 때마다 일부러 밝게 웃었다.

"아저씨! 저 왔어요!"

아저씨가 언제 또 호흡 곤란이 올지 모르니 내가 자주 옆에 있어주는 것도 괜찮겠다 싶었다. 오늘은 센터 아이들이 오는 날이다. 진서 덕분에 센터 아이들과도 제법 친해졌다. 학교에서 아이들과 어울릴 때와는 달리 긴장감이 없었다. 날이 화창했다. 아저씨와 나는 책방 문을 활짝 열고 흥얼거리며 청소했다.

"이제 꽃샘추위는 완전히 물러갔나 봐요. 여름 날씨 같네요."

나는 문득 아저씨를 웃겨 주고 싶었다.

"아저씨, 한때 유행했던 맞춤법 대참사 아세요?"

"모르는데? 그게 뭐예요?"

"방금 꽃샘추위라고 하셨잖아요. 그거 곱셈추위라고 하는 애들 있어요."

"하하하!"

아저씨는 인상을 찌푸리고 있는 사람은 아니었지만 늘 웃으려고 애쓰는 것처럼 딱딱한 미소를 짓고 있었다. 지금처럼 크게 웃는 모습을 보니 내 기분이 환해졌다.

"하나 더 있어요. 소 잃고 뇌 약간 고친다."

"아~ 완전 아재 개그!"

"오래된 건데, 아저씨 모르셨구나! 그럼 서비스로 하나 더."

"뭐예요?"

"진서처럼 답답한 성격을 가진 새끼들을 보고, 골이 따분한 성격이라고 해요."

"와하하핫…흡!"

아저씨는 웃다 말고 갑자기 손등으로 마스크 쓴 입을 가리며 웃음을 삼켰다. 하필이면 그때 마침 진서와 센터 아이들이 들어왔기 때문이었다.

"새끼, 호랑이도 질 만하면 운다더니. 왔냐?"

진서는 무슨 영문인지 몰라 멀뚱거렸고 아저씨는 눈물이 그렁그렁해지도록 웃어 제꼈다.

"석현이가 있으니까 곡비에 활기가 넘치네. 학교도 못 가는데 너도 센터나 와라."

책쌤은 마스크를 쓰고도 쩌렁쩌렁한 목소리로 말했다.

"어어, 안 돼요. 석현 씨는 곡비 비주얼 담당이에요. 요즘 여학생들 많이 와요."

"마스크 써서 얼굴도 안 보이는데 무슨 비주얼이에요. 학교 못 가니까 시간 많아진 애들이 오는 거죠."

역시나 진서답다. 사실을 진지하게 말해서 꼭 분위기를 깬다.

"오늘은 각자 준비한 콘텐츠 발표하기로 했지? 사장님, 오늘 발표 잘 하는 사람 한 명만 뽑아서 상금 몰아주면 어때요?"

책쌤의 갑작스러운 제안에 아이들이 환호성을 질렀다.

"앗싸! 그럼 상금은 전부 내 꺼다!"

시훈이가 신이 나서 자신있게 말했다.

"아, 말도 안 돼. 갑자기 그러는 게 어딨어요?"

예림이는 뾰루퉁했다.

"근데 그 상금은 누가 주는 거예요?"

다형이의 느닷없는 질문에 예림이가 거꾸로 물었다.

"다형이 너는 하지도 않으면서 그게 왜 궁금해?"

"안 해도 궁금할 수는 있지. 안산에서는 이런 거 할 때마다 후원금 모았단 말야."

"하하, 제 퇴직금이에요."

책방 아저씨가 대답하자 아이들이 미안하다는 듯이 조용해졌다. 아저씨의 허락을 받고 나와 진서가 다 말해줘서 아이들도 아저씨가 해경이었다는 사실을 알고 있기 때문이다.

"자, 그럼 다들 앉아 봐. 누구부터 시작할까?"

"제가 먼저 할게요!"

먼저 하는 사람이 유리하다는 확신이라도 가진 것처럼 시훈이가 나섰다.

책방 아저씨가 스크린을 내리고 노트북을 연결해 빔프로젝터를 쏴주었다. 모두들 기대감에 차서 눈을 동그랗게 뜨고 침을 꼴깍 삼켰다.

"으, 떨린다. 이게 뭐라고 긴장되고 난리?"

시훈이가 너스레를 떨었지만 다른 아이들도 마찬가지로 긴장했는지 아무도 대꾸하지 않았다.

"저는 유튜브를 제작하고 있는데요, 일단 영상을 몇 개 만들어봤어요. 반응 보고 더 하려구요. 원래는 '세월호의 모든 것'이라는 제목으로 침몰 원인부터 구조 안 한 거, 진실을 밝히지 않는 거, 조사를 막 방해하고 그러는 거, 책임자 처벌 문제, 전부 다 하려고 했는데요, 그게…좀…도저히…"

"감당할 수 없지?"

다형이가 그럴 줄 알았다는 듯이 말했다.

"어…그렇지…그래서…"

"그래서?"

먼저 하겠다고 자신있게 나서던 시훈이가 막상 노트북 앞에 앉아서는 머뭇거렸다.

"빨리 해~!!!"

아이들이 다그쳤다.

"저는…살아남은 사람들이 슬퍼하고 미안해하는… 그런 사람들이 의외로 많다는 것을 알게 되어서 그분들이 어떻게 살아남아서 어떻게 지내고 있는지…그런 걸…그러니까… 살아 있는 사람도 중요하다는 걸…"

"아, 답답해. 그냥 빨리 열어!"

"아냐, 아냐, 시훈이 하고 싶은 말 다 해도 돼. 시훈아, 편하게 해. 괜찮아!"

책쌤이 시훈이를 격려했다.

"아, 네, 그냥 일단 보세요."

시훈이가 화면을 열자 검은 바탕 한가운데 노란 글씨로 제목이 나타났다.

시훈채널
'살아남아서 미안합니다.'

시훈이가 아이들 눈치를 봤고, 아이들은 책방 아저씨 눈치를 봤다. 책쌤은 아무렇지도 않은 듯 고개를 끄덕끄덕하며 화면을 응시하고 있었다. 진서가 나와 책방 아저씨를 번갈아 쳐다봤다. 책방 아저씨가 호흡 곤란이 오면 어떡하나 걱정하는 거였다.

"어? 나 괜찮은데! 당시 상황에 자주 노출될수록 치료가 빠르대요."

책방 아저씨가 이 분위기를 파악하고 얼굴에 주름을 만들며 과장되게 웃어 주었다.

화면에는 목포신항에 있는 녹슨 세월호 사진이 펼쳐졌다.

"이건 제가 목포신항 가서 직접 찍어온 사진이에요."

시훈이가 모두를 향해 자랑스럽게 말했다.

세월호는 배경으로 점점 멀어지고 웃기게도 그 앞에 시훈이 얼굴이 떴다. 거의 감기다시피 한 작은 눈에 안경을 쓰고 양 볼은 터질 듯 빵빵해서 흡사 도라에몽처럼 보이는 시훈이 얼굴이 화면을 가득 채웠다. 아이들이 갑자기 빵 터졌다.

"아하하, 뭐야! 못생겼어. 하하."

"외모를 지적하지 말고 모두 집중하십시오!"

시훈이가 웃으며 말하는데 음악이 흘러나왔다. 헨델의 오페라 곡 〈울게 하소서〉였다. 뭔가 어울리지 않는 조합의 연속 같았지만 화면 속 시훈이는 진지하게 멘트를 하기 시작했다.

"안녕하세요. 시훈채널의 시훈입니다. 세월호 참사가 일어난 지 벌써 6년이 다 되어 가는데도 아직 진상규명과 책임자 처벌이 되지 않고 있습니다. 희생자 304명의 유가족들은 오늘도 눈물로 세월을 보내고 있습니다. 그러나 희생자와 유가족 말고도 잠을 못 이루며 고통의 나날을 보내고 있는 사람들이 있습니다. 바로 생존자들입니다. 시훈채널에서는 살아남은 생존자들이 어떤 고통 속에서 살아가고 있는지 알려드리겠습니다. 구독과 좋아요는 구조입니다!"

"오~제법인데!"

나는 시훈이에게 엄지척을 해주었다.

"이거 멘트 열 번도 넘게 다시 한 거야."

"어차피 열 번 다 똑같았지?"

"히히. 어떻게 알았냐?"

"아, 쫌 조용히 좀 해!"

다형이가 짜증을 내는 바람에 우리는 입을 다물었다. 화면에는 시훈이의 얼굴이 사라지고 블러 처리한 화물기사였던 분의 얼굴이 나왔다. 시훈이의 멘트는 이어지고 있었다.

"당시 제주도로 화물을 싣고 가던 기사분입니다. 이 화물기사분은 학생들을 여러 명 구조하고 살아남았는데요, 하루하루 살아가는 게 너무나 고통스럽다고 합니다. 이분은 자신이 살아남은 이유는 자기 자신이 가장 중요했기 때문에, 말하자면 이기심 때문이었다고 고백합니다. 그 순간 중요한 건 오직 자기 자신밖에 없었으니까 살아남았다는 죄책감으로 수면제와 신경안정제 없이 생활할 수가 없다고 합니다. 살아 있는 게 이렇게 고통스러울 줄 알았다면 학생 한 명이라도 더 구조하고 끝까지 버텨볼 걸 그랬다면서 계속 후회하고 계십니다. 지금 괴로워하고 후회하는 것 역시 죽은 아이들이 불쌍해서가 아니라 지금 자신의 고통이 너무 크니까 차라리 그때 죽었어야 한다는 생각을 하는 거라며, 살아남아서도 이렇게 욕심을 부리는 인간의 이기심에 진저리를 치고 계십니다. 몸도 다치고 일자리도 잃고 우울증 약을 드시면서 하루하루 버텨가고 있는 생존자 분들께도 우리의 관심이 필요합니다."

착착착착. 책쌤이 큰 소리로 박수를 쳤다.

"아, 좋아 좋아, 희생자나 유가족들 말고 살아남아 고통스러운 생존자 분들한테도 관심을 갖는 시훈이의 눈이 너무 이쁘다. 이뻐!"

"감사합니다."

"그럼 넌 계속 생존자 시리즈로 가는 거야?"

이번에도 가장 관심을 보이는 건 역시 다형이었다.

"응, 몇 개 더 있는데 마저 보여줄까?"

시훈이가 보여준 영상은 솔직히 말하면 좀 엉성했다. 화면이 빨리 빨리 바뀌지 않고 정지된 채로 계속 멘트만 나올 때가 많아 눈이 지루하기도 했다. 그러나 귀는 지루하지 않았다. 시훈이는 목소리가 좀 굵직한 편이었는데, 멘트를 깔끔하게 써서 천천히 읽어주니 귀에 쏙쏙 들어왔다. 생존자들의 이야기가 더 궁금해졌다.

구조를 기다리다 스스로 탈출했던 학생, 참사가 나면 전문적으로 도와주는 사람이 되고 싶어서 사고 이후 응급구조과에 진학한 학생, 평생 병원에서 살아야 할 것 같은 트라우마로 악몽에 시달리는 학생, 세월호 리본을 팔에 문신으로 새긴 학생, 죽은 친구의 얼굴이 떠올라 수면제 없이는 절대 잠을 자지 못하는 학생 등의 이야기도 있었다.

시훈이는 학생들 외에 가족 여행을 가던 일반인들, 극적으로 구조되어 혼자 남겨진 5살 짜리 꼬마, 불꽃놀이 업무를 위해 탑

승했던 알바생 등은 단원고 학생들에 비해 상대적으로 관심을 받지 못하고 있다며 조심스럽게 말하기도 했다. 다들 각자의 사정이 있지만 그럼에도 불구하고 그들의 어려움을 꺼낼 수 없는 이유는 그래도 그들은 살아서 나온 생존자이기 때문이다. 더 힘들고 더 고통스럽고 더 고생하는 사람들이 있기 때문에, 조용히 잊히는 게 우울할 수는 있어도 억울해할 수 없다고 고백하는 사람들이 있었다.

"생존자들의 고통도 심각하구나."

시훈이의 발표가 어느 정도 마무리되자 예림이가 한숨을 쉬며 말했다.

"그러게. 똑같은 일을 당해도 저렇게 다 다른 거였네. 그래도 죽은 사람이 제일 불쌍한 건 사실이야."

진서였다. 나에게 늘 하던 그 말. 죽은 사람이 가장 불쌍하다는.

"그렇지. 그런데 죽은 사람의 불쌍함도 사람마다 다 다르더라고. 내가 유튜브 준비하면서 엄청 많이 알아봤거든. 죽은 사람에게도 계급이 존재한다고 생각하는 사람들이 있다는 사실을 알게 되었어."

"죽은 사람한테 무슨 계급이 있다는 거야?"

다형이가 물었다.

"단원고 학생들과 그 유족들을 제외한 나머지 희생자들은 약간 소외되어 있는 상태였어. 단원고 학생, 단원고 선생님, 선원, 일반인, 화물기사, 그리고 그 뒤를 따르는 불꽃놀이 알바생. 이 순서대로 관심도가 약해지는 거야. 아무래도 수가 많은 순서인 거 같애."

"그거야 네 말대로 숫자가 많은 쪽이 아무래도 관심을 더 받긴 하겠지만, 관종도 아니고 그게 무슨 상관이야?"

다형이의 질문에 시훈이가 안경을 고쳐 쓰며 말했다.

"유가족 대표들이 모여 회의하거나 할 때 참석해서 의견을 내기도 좀 그런가봐. 특히 알바생은 학생들의 즐거운 파티를 위해 불꽃놀이 업무를 맡았잖아. 선원의 옷을 입고 선원의 업무를 위해 탑승한 건데도 일반인으로 분류돼서 상해 보상금도 못 받을 상황이었대. 물론 나중에 겨우 받아들여졌는데 그 과정이 굉장히 어려웠나 봐. 계급의 가장 끝에 있다보니 목소리를 못 내고 소외감을 느끼는 것 같애."

죽음의 계급.

나는 아빠가 죽었을 때 그걸 어렴풋이 감지했다. 같이 죽었는데도 진서 아빠와 우리 아빠의 죽음이 다르게 취급되는 걸 보았다. 주로 엄마 입을 통해 산재니 보상이니 하는 용어들을 들으며 알게 된 사실들이지만 어린 마음에도 그것은 상처가 되었다. 진서에게 열등감 비슷한 감정을 느끼기까지 했다.

정규직의 죽음은 법의 테두리 안에서 당연히 보상을 해줘야 하고, 알바의 죽음은 보상하지 않아도 법적으로 아무 문제도 없다는 사실을 이해하기 어려웠다. 어느 목숨인들 귀중하지 않을 수 있을까. 누가 이런 계급을 의도적으로 만들었을 리 만무하지 않은가. 단원고 학생들의 부모들이 들었을 때는 또 얼마나 기가 찰 노릇인가.

'우리 애가 죽었어요. 그런데 우리 애의 죽음이 계급화되어 가장 높은 곳에 있다니. 우월한 죽음이란 것도 있나요? 말 조심하세요.'

계급이란 말이 너무 억울한 나머지 이렇게 호소하지 않을까 싶다.

시훈이의 말을 들으며 우리 아빠 생각도 나다보니, 나는 의도하지 않아도 소외는 어디에나 있다는 생각이 들면서 머릿속이 복잡해졌다. 마음과 생각이 또 서로 꼬이기 시작했다.

우리는 타인의 고통을 모른다.

우리는 어떻게 하면 서로의 고통을 이해할 수 있을까.

타인의 고통을 이해하지 못하면서 바라보고 있는 건 차마 외면할 수 없어서겠지.

타인의 고통을 이해하면서도 그 고통을 덜어줄 수 없기도 하고, 타인의 고통을 모르면서도 그 고통을 가볍게 해줄 수도 있다.

난 진서의 고통이나 곡비 아저씨의 고통을 이해하지 못해도 웃겨줄 수는 있는데.

어쩌면 사람은 어차피 다 저마다 힘들고 고통스러울 것이다.

그러니 나의 고통을 누가 알겠냐고 외로워하기 전에, 모두가 고통스럽다는 걸 전제로 하는 너그러운 포옹이 필요하지 않을까.

이런저런 생각으로 빠져들고 있을 때 책쌤의 카랑카랑한 목소리가 와락 쳐들어왔다.

"고생 많았어! 자, 이제 누구 할까?"

"저 할까요? 제 거는 되게 간단해요."

"오케이, 좋아, 예림이는 웹툰이었나?"

예림이는 가져온 usb를 노트북에 끼워 넣고 파일을 열었다.

'이 자를 매우 쳐라!

오예림의 물곤장 304!'

스크린에는 제목과 함께 물이 뚝뚝 떨어지는 곤장대에 곤장 두 대가 기대어 있었다.

"저는 세월호 침몰에 책임을 져야 하는 사람들을 조사하며 그림으로 한 명씩 그려봤어요. 처음에는 범인 몽타주처럼 그리면서 지나가려고 했는데요, 그리다보니 너무 분하고 억울해서 막 때려주고 싶은 거예요. 그래서 물곤장을 때리기로 했어요."

"물곤장 갖고 안 돼지. 감옥에 처넣어서 평생 썩게 해야지."

시훈이가 신나서 거들었다.

"아니, 물곤장은 내가 웹툰으로 때리는 거고, 현실은 다른 거지. 바보야. 넌 예술적 상징도 모르냐."

예림이가 야무지게 반격했다.

"희생자들이 차가운 바다 속으로 떠났으니 물곤장 맞는 거 말된다."

다형이가 모처럼 반가워하며 말했다.

"어디, 그럼 한 컷씩 보여주세요, 오 작가님!"

책쌤의 신호에 예림이의 본격적인 발표가 시작되었다.

"제가 처벌받아야 할 사람들의 명단을 확보해봤는데요, 약 80명쯤 되는 것 같아요."

예림이는 책방 아저씨의 눈치를 슬쩍 보면서 발표를 이어갔다.

"우선 구조 책임을 다하지 못한 해경이 있어요. 현장에 출동했던 해경부터 상황실이나, 해경 지휘부 간부들이 있구요, 언론 조작하고 오보 퍼트린 기자나 보도국장, 언론사 사장 이런 사람들, 그리고 해양수산부와 정부, 청와대 관계자들과 국정원, 당시 대통령, 세월호 희생자나 유가족들의 활동을 방해하고 비하한 엄마부대, 어버이연합, 태극기 부대인 보수 단체도 몇 명 있어요. 우선 하나만 먼저 예를 들어 보여드릴게요."

"와하하!"

예림이가 다음 페이지로 파일을 넘기자 아이들이 일제히 웃음을 터트렸다.

맨 위에 어느 교회 목사 이름이 적혀 있었다. 이름 아래에는 머리에 뿔이 달린 어떤 남자가 엉덩이를 반쯤 내놓고 물에 젖은 채 엎어져 있는 그림이 그려져 있었다. 그 양쪽으로 교복을 입은 남학생과 여학생이 곤장을 높이 치켜들고 서 있었다. 바닥에는 양동이 몇 개가 아무렇게나 놓여 있었다. 곤장을 맞는 사람의 아야아야 하는 표정과 때리는 사람의 화가 난 표정이 너무 재미있었다. 아이들이 키득키득 낄낄거리며 뭔지 알겠다고 저마다 고개를 끄덕거렸다.

ㅅㄹㅈㅇ교회 목사 ○○○

"세월호 사고 난 건 좌파, 종북자들만 좋아하더라. 추도식은 집구석에서 슬픔으로 돌아가신 고인들에게 해야지 광화문 네거리에서 광란 피우라고 그랬어? 돌아가신 젊은 애들한테 한번 물어봐." 라고 2014년 5월 25일 주일 예배에서 망언을 한 죄!

"이 자를 매우 쳐라!"
"예이~~~오예림의 물곤장 304대로 매우 치란다!"

교회로 보이는 곳에서 뿔 달린 목사가 해괴한 표정으로 징그럽게 웃으며 손가락질하고 있는 그림과 함께 무슨 죄를 저질렀는지 설명이 되어 있었다.

세월호참사 당시 상황담당관 ○○○
진도VTS관제센터의 비상탈출 문의에 '현지 상황을 잘 아는 선장이 판단할 사항'이라며 선장에게 책임을 떠넘겨 구조 기회를 놓침. 구조 세력에게 탈출 지시를 하지 않고 책임을 떠넘긴 멍청하고 게으른 죄!

"이 자를 매우 쳐라!"
"예이~~~오예림의 물곤장 304대로 매우 치란다!"

이번에는 조종 기계가 있는 상황실 같은 곳에서 게걸스럽게 치킨 먹으며 텔레비전을 보고 있는 남자의 그림이다. 물곤장 맞는 장면의 그림은 아까 거랑 비슷했다.

"와~오예림 대단하다. 그럼 저렇게 80명을 다 그린다는 거야?"
다형이가 감탄하며 물었다.
"시작한 건데 해야지."
예림이의 대답에 시훈이가 불안해하며 말했다.
"근데 혹시 우리 이걸로 붙잡혀 가는 거 아닐까?"

"야, 사람을 304명이나 죽이고도 저렇게 멀쩡히들 살아있는데 고작 이걸로 누가 붙잡아 가냐? 어휴 겁쟁이. 가만있어 봐. 넌 이런 걸 좀 봐야 돼."

다형이가 휴대폰을 열어 뭔가를 한참 찾더니 시훈이에게 내밀었다.

"자, 봐봐!"

우리도 전부 모여들어 구경했다.

겁먹는 시훈이에게 다형이가 보여준 것은 청와대 자유게시판에 목숨을 걸고 글을 올린 대통령 고발장이었다. 글을 올린 사람은 세월호 참사에 분노한 고등학교 3학년 학생이었다.

"목숨을 걸고 글을 남깁니다."

지금 대통령께서는 헌법을 위반하셨습니다.

대통령께서 위반하신 헌법조항은 모두 5가지입니다.

第1조 ① 대한민국은 민주공화국이다.

第1조 ② 대한민국의 주권은 국민에게 있고, 모든 권력은 국민으로부터 나온다.

第7조 ① 공무원은 국민 전체에 대한 봉사자이며, 국민에 대하여 책임을 진다.

第10조 모든 국민은 인간으로서의 존엄과 가치를 가지며, 행복을 추구할 권리를 가진다. 국가는 개인이 가지는 불가침의 기본적 인권을 확인하고 이를 보장할 의무를 진다.

제34조 ⑥국가는 재해를 예방하고 그 위험으로부터 국민을 보호하기 위하여 노력하여야 한다.

"세월호 당시 대통령도 이 오예림이가 물곤장 304대로 매우 칠 예정이거든. 다 리스트업 해놨다니까."

시훈이가 겁을 낸 게 부끄러웠는지 이번에는 책방 아저씨에게 넌지시 물었다.

"발표만으로는 상금 안 주실 거죠? 저는 생존자 유튜브 완결 편까지 방송하고, 예림이는 80명 웹툰 다 그려야 주시는 거죠? 아, 망한 거 같애."

"글쎄요? 내 맘인가?"

막상 발표를 보다보니 나 역시 궁금하던 점이었는데 아저씨는 확답을 주지 않았다.

진서와 나도 우리가 만든 게임 시나리오 레스큐유(RescueYou)를 발표했다. 센터 아이들은 엄청난 관심을 보였다. 게임이라 그런 것 같다. 가장 먼저 반응을 보인 것은 의외로 다형이었다.

"난 게임을 안 해서 잘 몰랐는데, 이런 게임이라면 되게 좋은 거 같다."

"그러게. 플레이어들이 서로 구조하려고 막 아이템 획득하고 그런 거 너무 울컥해. 게임인데 나 눈물 날 뻔했어."

예림이는 진정으로 감동하는 것 같은 표정이었다.

"근데 한 가지 아쉬운 점이 있어."

시훈이가 제법 진지하게 말했다.

"나나 예림이는 인터넷에 올려서 아무나 다 보게 할 수 있거든. 잘하면 막 전국적으로 팍팍 퍼져 나가고 광고가 들어올지도 몰라. 히힛, 대박! 근데 레스큐유 게임은 시나리오니까 그냥 여기서 끝나고 아무도 못 보잖아. 그게 너어어어무 아깝단 말이지."

시훈이 말을 들고보니 진서랑 나는 둘씩이나 매달려서 했으면서도 시훈이나 예림이에 비해 너무 기초 단계로만 그친 것 같았다. 사실 나는 그리 진지하게 생각한 것도 아니고 진서가 하도 같이 하자고 밀어붙이니까 그냥 우정 차원에서 함께 해준 것뿐인데, 막상 진지하게 정성을 다해 만들어온 콘텐츠들을 보니 좀 미안한 생각도 들었다. 그렇지만 이건 게임이라 한계가 있는 건 인정해줘야 한다.

"맞아, 아깝다. 이거 진짜 게임으로 개발돼서 나오면 좋을 텐데."

세월호 가지고 게임할 생각한다고 엄청 화내며 흥분했던 다형이가 이렇게까지 나오다니 기분은 좋았다.

"넌 게임도 안 하잖아."

"이런 게임 있으면 나도 할 거 같아."

"석현이는 이담에 게임 프로그래머가 꿈이니까 나중에 만들 수도 있어."

진서가 모처럼 나를 자랑스럽다는 듯이 치켜세워줬다.

"이제 고2짜리가 어느 세월에?"

시훈이가 난감해했다.

"뭐가 문제야? 당장 게임으로 출시하면 되지!"

책쌤이 호탕하게 웃었다.

"별것도 아닌 걸 같고 뭘 그렇게들 아쉬워하고 그래?"

"어떻게 당장 출시를 해요?"

나는 솔깃해서 물었다.

"게임 회사 찾아가서 넘기고 계약서 쓰자 하면 되지!"

긍정의 신 책쌤은 정말로 하면 될 것처럼 자신감에 넘쳐 말했다.

"에이, 그게 되겠어요?"

"안 될 이유는 뭔데?"

할 말이 없다. 안 될 이유는 물론 없을 것이다. 그렇지만 무턱대고 게임 회사를 찾아가서 이런 게임 만듭시다 하고 말하면, 예 그럽시다 하며 만들지는 않을 테니.

"물론 될 수도 있긴 하지만…쉬운 일은 아니잖아요?"

"어? 내가 그걸 몰랐네? 쉬운 일만 할 생각이었구나?"

"아, 아니…그건….아닌데요…"

나는 점점 코너로 몰리는 기분이 되었다. 결국 일단 레스큐유 시나리오를 가지고 나랑 진서가 게임 회사에 찾아가는 것으로 다 같이 합의를 보았다. 이걸 왜 우리가 다 같이 합의를 봐야 하는지 이상했지만 어쩌다보니 결론이 그렇게 나버렸다.

"자, 그럼 오늘 콘텐츠 창작 발표는 다 끝났으니 떡볶이라도 먹으러 갈까?"

"상금은요?"

아무도 선뜻 물어볼 수 없었는데 시훈이가 총대를 멨다.

"잠깐! 저 할 얘기 있어요."

갑자기 다형이가 시선을 끌어 모았다.

"사실 세월호를 위해 우리가 모여서 뭔가를 한다는 건 여기서 우리끼리만 나누는 걸로 끝내자는 게 아니라 유가족도 위로하고 사람들한테도 알리자, 뭐, 그런 뜻도 있는 거 아니었어요?"

책방 아저씨를 향한 질문 같았다.

"넓게 생각하면 그게 맞지요. 사실은 제가 근본적으로 갖고 있는 죄책감이랄까 부채감 같은 게 있어서 저는 계속 세월호를 위한 뭔가를 궁리하고 있어요. 앞으로도 그럴 거구요. 이번 콘텐츠 창작도 그런 차원에서 시작한 거였고요. 이런 말은 여러분들께 좀 죄송하지만 제가 개인적으로 반성문 쓰는 취지 같은 게 있어요. 작은 공간이지만 여기가 세월호를 위한 기억 공간으로 쓰였으면 하는 마음이거든요. 그래서 영화 상영도 꾸준히 하고, 출판이나 전시 같은 걸 기대하기도 했구요."

"다형이가 좋은 얘기 하네. 그래, 우리끼리만 하고 끝내지 말자는 거지?"

책쌤이 얼른 다형이의 의도를 간파하고 말했다.

"네, 저는 콘텐츠 창작은 별로 관심이 없고 할 만한 것도 없고 해서 빠졌는데, 사실은 하고 싶은 게 있긴 있었어요."

"뭔데? 뭔데?"

시훈이가 눈을 반짝이며 물었다.

"얼마 안 있으면 4월 16일이 다가오기도 하고, 우리가 한 거 널리 알리기도 할 겸, 플래시몹을 벌여보면 어떨까 해요. 안산에 살 때 그런 거 하는 사람들 많았거든요. 그게 좌자작 퍼지는 효과가 있어요."

"플래시몹? 그게 어떤 건데?"

예림이도 호기심을 보였다.

"반짝 이벤트로 모였다 확 흩어지는 거야. 지금 코로나 때문에 모여서 뭘 하기도 좀 그러니까 세월호 날에 어느 한 장소 정해서 게릴라 작전으로 모여 기념하고 바로 흩어지는 거지. 그러면서 너희가 준비한 유튜브랑 웹툰이랑 게임도 사람들이 알 수 있게 확 뿌릴 수 있는 방법이 있을 것 같아. 나는 세월호를 위한 일들은 무조건 여러 사람이 알고 공감해야 한다고 생각해. 쌤, 여기는 세월호가 버젓이 놓여 있는데도 안산 애들에 비해 세월호 참사에 대한 내용들을 잘 모르더라구요. 세월호가 있는 목포가 이 정도면 다른 지역 아이들은 더 모를 거 아녜요?”

“오케이! 무슨 말인지 알았어! 아주 좋아! 반대할 사람 없을 것 같은데?”

책쌤이 우리들을 둘러보며 의사를 묻는 것 같았다. 당연히 반대하는 사람은 없었다.

“그럼 우리가 뭘 어떻게 할 건지 차근차근 생각해야겠네. 나도 이것만으로는 뭔가 좀 아쉽다는 생각을 하긴 했어. 진짜 공부 많이 했거든.”

지켜보기만 하던 진서가 모처럼 말했다.

“아, 그럼 이걸로 끝이 아니란 말인가! 나는 상금 20만 원 받아서 그걸로 유튜브 장비 좀 사려고 했는데. 이게 해보니까 유튜브는 장비 빨이 좀 있어야겠더라.”

시훈이는 반대를 한다는 건지 이미 동의를 했다는 건지 헷갈리는 말을 했다.

“그럼, 일단 아저씨가 상금 20만 원씩 주시고 남는 20만 원은 플래시몹 하는 데 필요한 경비로 쓰면 어때요?”

다형이가 플래시몹을 꼭 하고 싶은지 적극적으로 나서기 시작했다.

“다형이가 착착 정리를 잘 하네, 좋아! 오케이! 사장님 생각은 어떠세요?"

"저도 쌤하고 같은 생각을 하고 있었어요. 다형 씨 말에 동의
해요."

"앗싸!"

시훈이가 나에게 하이파이브를 건네는 바람에 나도 얼떨결에
손바닥을 마주쳤다. 진서는 곰곰이 생각에 잠겨 있더니 차분하
게 말을 꺼냈다.

"갑자기 생각난 건데요, 국토대장정 비슷하게 하면 어때요?
노란 옷을 입고 며칠 동안 걸어서 안산까지 가는 거예요. 가면서
깃발이나 피켓 같은 걸로 우리가 한 콘텐츠 창작물들을 알리구
요."

"어이쿠! 고마운 생각이긴 한데 그건 너무 일이 커지는 거 같
은데요?"

진서의 말에 책방 아저씨가 굉장히 반가워하면서도 걱정스럽
게 말했다.

"그거 좋다!"

"재밌겠어!"

"석현이 너도 할 수 있지? 어차피 학교도 안 가잖아?"

국토대장정이라는 말에 아이들이 신이 났다. 코로나 때문에
어지간히 답답한 생활을 하고 있었기 때문인 것 같았다. 나도 국
토대장정에 대해 막연한 로망처럼 생각하고 있긴 했다. 지금 성

적으로 대학에 갈 수 있을지는 모르겠지만, 대학생이 되면 제일 하고 싶었던 거다.

"좋아! 오케이! 너희들 아주 멋진 녀석들이야! 그럼 다음 주에 모일 때까지 그거 어떻게 할 건지 생각해보고 만나서 구체적인 계획을 짜보자!"

"쌤, 그냥 지금 말하면서 짜도 되지 않아요? 제목은 '함께 가자' 프로젝트."

다형이는 자신의 의견이 받아들여져서 기분이 좋은지 성격이 급한 건지 모르겠지만 엄청 밀어붙였다. 일주일 사이에 아이들이 마음 변해서 안 한다고 할까 봐 그러는지도 모르겠다. 우리는 한참 동안 이야기를 주고받으며 점점 구체적인 플래시몹을 향해 한 발짝씩 발걸음을 떼고 있었다.

곡비에서 나왔을 때는 이미 어둠이 내려앉은 후였다. 우리의 생각대로 잘 될지 실패로 돌아갈지 모르는 일이었지만 나는 가슴이 벅차올랐다. 계획만으로도 내가 무척 좋은 사람이 된 것 같아 보람이 느껴졌다. 아이들이 하나 둘씩 의견을 내놓다보니 상금 20만 원은 누구의 것도 아닌 국토대장정 경비로 쓰는 걸로 마무리되었다. 시훈이는 장비를 사고 싶은 마음을 꾹꾹 눌러가며 겨우 동의했다. 다형이와 예림이는 부모님께 허락받을 수 있을지를 염려했다. 나는 며칠 동안 엄마를 혼자 둘 생각을 하니 조금 걱정이 되었다. 진서는 계속 별 말없이 뭔가를 골똘이 생각하기만 했다. 나는 진서를 잘 안다고 자부하지만 사실은 도무지 속을 알 수 없는 녀석이다.

09
맞짱 뜨며 살아가는 방식

우리는 다형이가 이끄는 대로 모든 준비를 마쳤다.

우리 다섯 명과 책쌤과 곡비 아저씨는 동원할 수 있는 모든 sns에 우리의 플래시몹을 알리고 동참을 권했다. 시훈이의 유튜브와 예림이의 웹툰도 링크를 걸었다. 둘 다 아직 끝까지 완성한 건 아니지만 연재하기로 공식 선언했다.

4월 16일 하루 종일 아무 때나 좋습니다.

노란 모자, 노란 머리핀, 노란 마스크, 노란 옷, 노란 신발, 노란 가방.

노란 색이면 무엇이든 좋습니다.

안산공원에서 춤추는 영상을 각자의 sns에 올려 공유해주세요.

안산이 너무 멀면 각자 편한 장소도 좋습니다.

업로드한 영상을 참고하여 춤 동작을 연습합시다.

따라 하기 매우 쉬운 동작이지만

타고난 몸치라 불가능한 분들께는 막춤을 권합니다.

우리의 연대가 세월호를 구조할 것입니다!

우리는 날마다 곡비에 모여 춤 연습을 했다.

책쌤과 곡비 아저씨도 함께 추었다. 책쌤은 아주 날렵하고 세련되게 움직였고, 곡비 아저씨는 그야말로 엉거주춤이었다.

"아, 재밌어. 다형아, 우리 이거 자주 하자. 일 년에 한 번 노란 리본만 달랑 다는 건 좀 그래."

예림이는 잠시 쉬는 동안에도 춤 동작을 멈추지 않았다.

"일년에 한 번이 뭐 어때서?"

"뭔가 알량하잖아."

"사람들이 다 각자의 생활이 있는건데, 어떻게 세월호만 생각하고 사니? 안산 사람들도 그렇게는 안 해."

"그러니까. 내 말이 그 말이야. 자기 삶에 빠져서 기억하지도 못하면서 그렇게 일 년에 한 번 그날만 되면 일년 내내 기억하고 있었다는 듯 숙연해지는 게 가소롭다고. 엄청 생각하는 척, 기억하는 척, 잊지 않겠습니다. 나 스스로도 내가 하는 하루치의 다짐이 거슬리고 아니꼬웠어."

예림이는 마치 스스로에게도 물곤장을 매우 쳐야 한다는 듯 말했다.

"어차피 다 일 년에 한 번이야. 사람의 일은 다 하루의 일이야."

다형이가 당차게 말했다.

"뭐? 그게 무슨 말이야?"

"1월 1일 새해 다짐도 하루, 어버이날 효도 다짐도 하루, 생일도 단 하루잖아. 평소에 넌 네가 태어난 걸 매일 감사하고 행복해하며 지내냐?"

"맞아, 단 하루도 잊은 적 없다는 그런 말. 그거 다 개소리야. 나도 아빠 잊어먹고 지낼 때가 더 많아."

석현이가 끼어들었다. 석현이는 아빠에 대해 저렇게 남 얘기하듯 아무렇지 않게 말한다. 나는 그게 부럽다. 강인해 보였다.

"단 하루도 잊은 적 없다 그러면 그건 시적 허용, 뭐 그런 건가?"

시훈이가 갑자기 또 엉뚱한 소리를 해서 다형이한테 구박을 받았다.

"야! 여기서 왜 또 수능용어가 나오는데!"

"이게 왜 수능용어냐? 문학용어지."

"헐~ 김시훈 입에서 문학이라는 말이 다 튀어나오고, 여친 생겼냐?"

시훈이가 평소와 달리 정색을 하더니 자분자분 말했다.

"내가 이번에 유튜브 하면서 생각해보니까 '잊지 않겠습니다' 라는 말이 꼭 희생자를 향한 말만은 아닌 것 같아. 이 말이 예림이가 물곤장 때리는 사람들한테는 되게 불편하고 찔리는 말일 거 아냐. 잘못을 저지른 사람은 자신의 잘못을 하루라도 빨리 잊어 주기를 바라잖아. '지겹다, 그만해라' 이렇게 말하는 사람들은 다 가해자 마인드인 거지. 지난날의 잘못을 자꾸 들춰내어 말할 때 불편한 쪽은 잘못한 쪽이야. 잘못한 사람이 스스로 들춰내어 말하는 경우는 극히 드물거든. 그리고 이렇게 말하지. 한 술 더 떠서, 나도 피해자니까 그만하라고. 그러니까 우리는 일 년에 한 번이라도 계속 해야 돼. 중의법!"

아이들이 귀를 쫑긋해 시훈이의 말을 들었다.

"오~유튜브 좀 하더니 말솜씨 엄청 늘었네. 방금 시훈이가 말한 거 맞아?"

석현이의 농담에 시훈이는 멋쩍게 웃었다.

우리는 춤을 추는 중간 중간 영상을 찍고 편집하고 퍼 날랐다. 딱히 이렇다 할 반응은 없었다.

"한 명도 안 따라 하면 어떡하지?"

예림이가 걱정스럽게 말했다.

"상관없어! 우리끼리 노는 거야!"

다형이는 언제나 당차고 자신감이 넘친다.

"그럼! 다형이 말이 맞아. 뭐든지 꼭 성공할 필요 없어. 하다 말 수도 있는 거고, 실패해도 괜찮고, 아무 호응 없어도 돼. 내가 즐겁잖아. 그럼, 된 거야."

나는 다형이가 어른이 되면 분명히 책쌤처럼 될 거라고 생각한다.

"다형아, 나는 도저히 춤은 안 되겠다. 어떡하지?"

시훈이는 정말 타고난 몸치였다. 박자를 하나도 못 맞추는 건 기본이고, 박수 한 번 짝 치고 왼쪽으로 한 바퀴 돌아 두 발자국 같은 동작을 하면 꼭 반대로 해서 옆 사람과 부딪힌다.

"그럼 넌 그냥 네가 잘 하는 거 해. 괜히 애써가며 방해하지 말고."

"앗싸, 막추움! 이거?"

막춤도 어느 정도 춤으로 보여야 막춤인데 시훈이는 진짜 심각하다.

그동안 몰랐던 사실인데 석현이는 완전 춤신이었다. 즐거움에 푹 빠져서 뼈가 하나도 없는 사람처럼 유연하게 춤을 추었다. 그런 석현이를 보고 있자니, 초딩 때 어느 날 두 집 식구들 여섯 명이 노래방 가서 신나게 놀던 때가 생각났다. 그때 석현이 아빠도 저런 모습이었는데 생뚱맞게도 나는 아름답다는 생각을 했었다.

내가 걸어서 안산까지 가자고 제안한 것은 사실 이유가 있었다.

나는 이제부터 싸움을 좀 하며 살고 싶어졌다.

적당히 타협하고 외면하며 사는 게 혐오스러워졌기 때문이다.

나는 원래 평화주의자이기 때문에 싸움 따위는 애초에 내 관심사가 아니었다.

학교 다닐 때 나를 귀찮게 하던 녀석들과도 단 한 번 싸워본 적이 없는 나다. 어쩌다 복도 맞은편에서 껄렁한 자식들과 마주치는 순간에도, 나는 미련 없이 먼저 양보했다. 그래, 양보. 누가 옆으로 피해 갈 것인가를 놓고 자존심 싸움을 하며 결국 어깨를 둔탁하게 부딪히는 것조차도 망설임 없이 피하며 지내왔다.

껄렁한 자식들뿐만 아니라, 껄렁하지도 못한 놈들마저도 복도에서 먼저 옆으로 피해 가는 것을 죽기보다 싫어할 정도로 강인한 척을 하려 든다. 그러나 내 생각에 그건 오히려 겁쟁이 녀석들이나 하는 짓이었다. 마주 오는 아이를 피해 옆으로 비껴가는 모습이 약해 보일까 봐 겁을 내고 있는 것이다.

석현이가 패거리들과 어울리며 나를 괴롭힐 때도 마찬가지였다. 강해보이는 것과 강한 것, 약해보이는 것과 약한 것은 어디까지나 다른 것이라는 걸 나는 일찌감치 알고 있었다. 좁은 복도에서 마주 오는 사람과 부딪히지 않으려고 옆으로 피하는 것은 일종의 배려일 뿐이다. 강하고 약한 것과는 아무 상관없다.

그런 이유로 나는 지금껏 제대로 싸운 일이 없다. 싸움을 한다는 것은 힘을 겨룬다는 뜻이고, 질 게 뻔하거나 이길 게 뻔한 경우에 싸움은 무의미하다. 그러나 이번에는 경우가 좀 다르다. 결과를 알 수 없다. 농구 경기를 시작하기 전처럼 가슴이 부풀어 오른다. 결과는 싸워봐야 알 것이다.

싸움의 상대는 강할수록 매력 있다. 전쟁터에 나가는 것도, 독립운동을 하는 것도 아니지만, 나는 이 싸움이 꿈쩍도 안 하는 권력자들을 향한 약자들의 노래라 생각한다. 싸움의 결과는 알 수 없다. 곡비 아저씨 말대로 위아래란 분명히 존재하니까. 어쩌면 계란으로 바위 치기일 수도 있다. 어쨌든 나로서는 처음으로 다른 사람을 위해 노란색의 명랑한 싸움에 춤을 추며 나서기로 한 것이다.

죽은 사람들이 살아 돌아올 것도 아니고, 유가족들이 원하는 진상규명과 책임자 처벌을 하는 데 아무런 도움이 못 될 수도 있다. 어쩌면 질 게 뻔한 일일지도 모른다. 하지만, 다행히도 우리가 여태껏 알아본 바로 그들은 대단히 부당하므로 나는 어쩌면 이길 수도 있다고 기대한다. 그저 모르는 척하는 것은 평화가 아니다. 이기고 지는 것과는 상관없이 나는 그들에게 싸움을 걸기로 했다. 기어코!

그리고 이 싸움은 앞으로 내가 세상을 맞짱 뜨며 살아가는 방식이 될 것이다.

"석현아."

연습을 끝내고 아이들과 헤어지고 집에 가는 길에 나는 석현이에게 말했다.

"우리도 진상규명 하자."

"새꺄, 우리가 무슨 진상규명을 해."

"우리 아빠들이 어떻게 죽었는지, 왜 전기에 감전되었는지, 안전장치는 제대로 되어 있었는지, 공사 현장의 구조적 결함인지, 누군가 무리하게 작업을 지시하지는 않았는지, 책임져야 할 관련자는 누가 있는지, 보상은 정당하게 되었는지, 같은 사고가 되풀이 될 가능성은 없는지… 일일이 규명하자. 우리가 하자."

내 말에 석현이가 걸음을 우뚝 멈춰 섰다.

"이번 '함께 가자' 플래시몹 끝나고 돌아와서 무조건 시작하자."

나는 걸음을 멈추지 않고 말했다.

저만치 등 뒤에 서 있는 석현이는 지금 내 말을 다 듣고 있다.

석현이가 내게 대답한다.

내일은 노란색 우비를 사러 가자고.

아빠.

내일이면 드디어 안산공원에 도착해.

우리는 대부분 걸었지만 가끔 버스도 타고 택시도 탔어. 지금 여기는 시화호야.

시화대교 밑에서 시원한 바닷바람을 맞으며 자전거 타는 사람들이 보여. 평화롭고 행복해 보이지만 저 사람들 중에도 유가족이 있을지 몰라. 안산으로 접어들면서부터 자꾸 유가족을 의식하게 되네.

잔잔한 호숫가에 나란히 앉아 낚시하는 사람들도 있어.

아빠랑 나도 저렇게 앉아서 낚시하던 때가 있었는데.

낚시를 가기로 결정하고 아빠가 낚시 도구를 꺼내 하나하나 손질하기 시작하면 나는 아빠가 특별히 좋아하는 낚시바늘이며 릴, 루어대 따위를 야무지게 골라 놓을 줄도 알았지. 낚시터로 가는 차 안에서는 지난번 낚시터에서의 경험을 들먹이며 바다낚시가 어떻고 민물낚시는 어떻고 수다를 떨며 아빠의 표정을 슬쩍슬쩍 살피기도 했는데, 사실 나로서는 정확히 맞는 소리인 지 아닌지 자신이 없었지만 아빠는 언제나 감탄해주었어.

한 가지 섭섭했던 건 다른 낚시꾼들처럼 그 자리에서 잡은 물 고기로 뜨끈하게 매운탕을 끓여 먹은 적이 없었다는 거야. 종일 낚시하고 나면 아빠는 낚시 도구들을 정리하고 장비를 철수하 고 나서 마지막으로 크릴백에 들어있던 붕어들을 모두 풀어주 곤 했지.

콰르르르!

붕어들은 파닥거리며 순식간에 저수지로 돌아갔고 그런 광경 을 볼 때마다 나는 아까워서 죽을 지경이었어.

아빠, 어렵게 잡아놓고 그렇게 쉽게 놓아주면 어떡해!

나는 발을 동동 굴렀으나 아빠는 차분하게 말하곤 했어.

쉬워 보이니? 잡기보다 놓아주기가 더 어려운 법이란다.

아빠.

나는 이제 그 말뜻을 알 것 같아.

아빠를 내가 너무 오래 붙잡고 있었어. 이제 놓으려고 해.

웃고 떠들고 노래하고 춤추면서도 아빠한테 미안해하지 않을 거야.

때로 다른 사람을 위해 울어줄 때가 있을지도 몰라. 그래도 섭 섭해하지 마, 아빠.

아빠, 그 대신에, 아빠의 노란색 공구가방은 내가 오래오래 간직하고 있을게.

그동안 고마웠어, 아빠.

사랑해, 아빠.